LE COMPLOT DES VEUVES

Série « Brigade Mondaine »

DU MÊME AUTEUR
CHEZ LE MÊME ÉDITEUR

N° 1 : LE MONSTRE D'ORGEVAL
N° 2 : LE CARROUSEL DE LA PLEINE LUNE
N° 3 : L'ABOMINABLE BLOCKHAUS
N° 4 : LES SÉMINAIRES D'AMOUR
N° 5 : LE MARCHÉ AUX ORPHELINES
N° 6 : L'HÉROÏNE EN OR MASSIF
N° 7 : UN CHANTAGE TRÈS SPÉCIAL
N° 8 : LES REQUINS DE L'ÎLE D'AMOUR
N° 9 : LA CITÉ DES DISPARUS
N° 10 : LE CYGNE DE BANGKOK
N° 11 : LA MANTE RELIGIEUSE
N° 12 : LE JEU DU CAVALIER
N° 13 : LA CROISIÈRE INTERDITE
N° 14 : LE HAREM DE MARRAKECH
N° 15 : LA MAISON DES MAUDITES
N° 16 : LA PERMISSION DE MINUIT
N° 17 : LES CAPRICES DE VANESSA
N° 18 : LA VIPÈRE DES CARAÏBES
N° 19 : LE VOYOU DE MONTPARNASSE
N° 20 : LES FILLES DE MONSEIGNEUR
N° 21 : LA NUIT ARABE DE MONACO
N° 22 : LA FERMIÈRE DU VICOMTE
N° 23 : LA PUNITION DE L'AMBASSADEUR
N° 24 : LA SECTE DES AMAZONES
N° 25 : LES SIRÈNES DE L'AUTOROUTE
N° 26 : LE BOUDDHA VIVANT
N° 27 : LA PLANCHETTE BULGARE
N° 28 : LE PRISONNIER DE BEAUBOURG
N° 29 : LES ESCLAVES DE LA NUIT
N° 30 : LES POUPÉES CHINOISES
N° 31 : LES SACRIFIÉS DU SOLEIL
N° 32 : L'EXÉCUTRICE
N° 33 : LA PRÊTRESSE DU PHARAON
N° 34 : UN CANAL ROSE POUR CIBISTE
N° 35 : LES FANATIQUES DE LA VIDÉO
N° 36 : LES ANGES DE PIGALLE
N° 37 : SOSIES SUR MESURE
N° 38 : LA MARQUE DU TAUREAU
N° 39 : L'ÎLE AUX FEMMES
N° 40 : LA CHÂTELAINE DE L'ORDRE NOIR

N° 41 : LA PRINCESSE DES CATACOMBES
N° 42 : LA DISPARUE DE SUNSET BOULEVARD
N° 43 : LE PARFUM DE LA DAME EN GRIS
N° 44 : LES FEMMES MYGALES DE LA CÔTE D'IVOIRE
N° 45 : LA DANSE DES COUTEAUX
N° 46 : LES AMANTS DE SINGAPOUR
N° 47 : LA VEUVE DU LAC
N° 48 : LES FANTASMES DU NOTABLE
N° 49 : LA BÊTE DU LUBÉRON
N° 50 : CARNAVAL À VENISE
N° 51 : LES NUITS BLANCHES DE LA TOUR EIFFEL
N° 52 : LOVE TÉLÉPHONE
N° 53 : GOLF-PARTY
N° 54 : L'ENFER DU COLLECTIONNEUR
N° 55 : LES SOMNAMBULES DU DOCTEUR MARLY
N° 56 : LES ENVOÛTÉS DU MARABOUT
N° 57 : LA TUEUSE D'HOMMES
N° 58 : LA DIVA DU BOIS DE BOULOGNE
N° 59 : LA FOLIE DE BARBE-BLEUE
N° 60 : LE MANIAQUE DU PARKING
N° 61 : LE BATEAU DES FILLES PERDUES
N° 62 : LE DÉMON DU PEEP-SHOW
N° 63 : LES CHASSEURS DE MIREILLE
N° 64 : LA PLAGE AUX NYMPHES
N° 65 : NUITS DE CHINE
N° 66 : LA FILIÈRE MEXICAINE
N° 67 : LES SECRETS DE MADAME MAUD
N° 68 : LA FEMME MASQUÉE
N° 69 : TRANSPORT DE FILLES
N° 70 : LA SECRÉTAIRE DU PATRON
N° 71 : LA PANTHÈRE DES PALACES
N° 72 : LES PROFANATRICES
N° 73 : LA TENTATION DE CAROLINE
N° 74 : LA LOUVE DES BEAUX QUARTIERS
N° 75 : LES STRIP-TEASEUSES DU PETIT ÉCRAN
N° 76 : LES MAÎTRESSES FEMMES DE SAINT-TROPEZ
N° 77 : LE RODÉO DU PLAISIR
N° 78 : LES PROIES DU COMMANDO
N° 79 : LA FEMME-FAUCON
N° 80 : LA TIREUSE D'ÉLITE
N° 81 : LES VOIX DU DÉSIR
N° 82 : LES TAXIS DE L'AMOUR
N° 83 : L'ALLUMEUSE
N° 84 : MAÎTRE ET ESCLAVE
N° 85 : GIGOLO STORY

N° 86 : LA CAVALIÈRE DE L'APOCALYPSE
N° 87 : LES JEUX DÉFENDUS DE LA PRÉSIDENTE
N° 88 : L'ÉVENTREUR AUX YEUX D'OR
N° 89 : JEUNE FILLE AU PAIR
N° 90 : L'INCONNU DU TRAIN BLEU
N° 91 : LA CALL-GIRL DE MONTRÉAL
N° 92 : LA GRANDE BOURGEOISE
N° 93 : LE PIÈGE ESPAGNOL
N° 94 : CLUB PRIVÉ
N° 95 : LA SORCIÈRE DE POMPÉI
N° 96 : VENGEANCE DE FEMME
N° 97 : LA DEMOISELLE DE PETITE VERTU
N° 98 : LE VAMPIRE DE BOURGOGNE
N° 99 : LA CHIENNE DE LUXE
N° 100 : L'ÉTALON DE SAUMUR
N° 101 : FIANCÉES SUR CATALOGUE
N° 102 : LA SIRÈNE DU LOCH NESS
N° 103 : L'OGRE DE LA BAIE DES ANGES
N° 104 : LES AMANTS MAUDITS
N° 105 : LA VÉNUS DE BELLE-ÎLE
N° 106 : LA BELLE DU CAP D'AGDE
N° 107 : LE JUSTICIER DU BOIS DE BOULOGNE
N° 108 : ÉCHANGE DE FEMMES
N° 109 : LES NOCES INFERNALES
N° 110 : LA VIE CACHÉE DU BANQUIER
N° 111 : L'APPRENTIE SORCIÈRE
N° 112 : DERNIER ROUND À MARSEILLE
N° 113 : LES JARDINS DU PLAISIR
N° 114 : DÉLIT D'INITIÉE
N° 115 : LE GRAND PRÊTRE DES ARDENNES
N° 116 : LES PASSIONS DU COLLECTIONNEUR
N° 117 : LA PAPESSE D'AVIGNON
N° 118 : LES BALLETS ROSES DE SAINT-MALO
N° 119 : LA LETTRE DE L'ENFER
N° 120 : FANTASIA POUR ROCK STAR
N° 121 : L'ENRAGÉE DU CERCLE POLAIRE
N° 122 : LE CLUB DES GIRONDINES
N° 123 : LA POSSÉDÉE DE SÉVILLE
N° 124 : LA REINE DU SCOOP
N° 125 : LE TOUR DE FRANCE DU TUEUR DES PLAGES
N° 126 : LA PUCELLE D'ORLÉANS
N° 127 : LE PARC AUX LOUPS
N° 128 : LA RELIGIEUSE DE BUDAPEST
N° 129 : LES DÉLIRES DE L'INSOMNIAQUE
N° 130 : LA LOLITA DU TGV

N° 131 : LES CHASSES DE LA GRANDE CHARTREUSE
N° 132 : LA DAME DE SHANGHAI
N° 133 : LA LOI DU TALION
N° 134 : LE BON PLAISIR DU ROI
N° 135 : LES NUITS BLANCHES DE SAINT-PÉTERSBOURG
N° 136 : UN CIRQUE D'ENFER
N° 137 : LES FRASQUES DU NOTAIRE
N° 138 : RÉSEAU EXTRA-CONJUGAL
N° 139 : NOTRE-DAME DE CHARTRES
N° 140 : LES FAVORITES DU GRAND TURC
N° 141 : L'ARCHANGE DE FLORENCE
N° 142 : LE FANTÔME DE L'OPÉRA
N° 143 : LA DAME DE COMPAGNIE
N° 144 : LE CHOUCHOU DE LA PROF
N° 145 : SIMPLE DAMES À ROLAND-GARROS
N° 146 : PARFUM DE STAR
N° 147 : DÉRAPAGE EN FORMULE 1
N° 148 : LES CHARMES DU BIZUTAGE
N° 149 : POUPÉES SLAVES SANS VISA
N° 150 : LES CHAÎNES DE LA PASSION
N° 151 : NOBLESSE OBLIGE
N° 152 : L'HOMME EN NOIR
N° 153 : PAQUET-CADEAU POUR GENTLEMEN
N° 154 : DANSEUSES À DOMICILE
N° 155 : LE FAUVE DE L'OMBRE
N° 156 : LA SCANDALEUSE DE LA CROISETTE
N° 157 : LE SAUVAGE DE LA FRANCILIENNE
N° 158 : BACCHANALES POUR UN MUTANT
N° 159 : LE COUP DU PLAGISTE
N° 160 : LE CALVAIRE DE CHARLES-HENRY
N° 161 : LA PIEUVRE DE BIARRITZ
N° 162 : LES DÉBORDEMENTS DE M. LE MAIRE
N° 163 : LE BOUCHER DE LA RUE DES ÉCOLES
N° 164 : LA VIERGE ÉTERNELLE
N° 165 : LE FEU DES ENCHÈRES
N° 166 : LA NURSE DU PROMOTEUR
N° 167 : LA PETITE REINE DU TOUR
N° 168 : LE DÉMON DE MINUIT
N° 169 : LA VESTALE DU TEMPLE LUNAIRE
N° 170 : SECRETS DE FAMILLE
N° 171 : LA DRAG-QUEEN DE WESTMINSTER

MICHEL BRICE

BRIGADE MONDAINE

LE COMPLOT DES VEUVES

VAUVENARGUES

Les dossiers Brigade Mondaine de cette collection sont fondés sur des éléments absolument authentiques. Toutefois, pour les révéler au public, nous avons dû modifier les notions de temps et de lieu ainsi que les noms des personnages.

Par conséquent, toute ressemblance avec des personnes existantes ou ayant existé serait totalement involontaire et ne relèverait que du hasard...

ISBN : 2-7443-0030-6

CHAPITRE PREMIER

Pour la dixième fois en moins d'un quart d'heure, les yeux de l'inspecteur divisionnaire Boris Corentin, revinrent se poser sur le buste aux courbes voluptueuses de la femme assise seule à deux tables de lui, dans ce petit café sans âme ni charme du boulevard de Ménilmontant.

Et pour la dixième fois en moins d'un quart d'heure, ce grand chasseur de personnes du beau sexe devant l'Éternel se dit que, décidément, celle-ci était sans doute une des plus belles et des plus excitantes qu'il ait jamais approchées.

En retenant un gros soupir, Corentin se força à détourner ses regards vers le boulevard. Il était près de huit heures du soir et la nuit commençait à tomber. On n'était encore que le 29 septembre, mais déjà le vent de l'automne s'engouffrait en mugissant dans les petites rues adjacentes, soulevant des paquets de feuilles jaunes et humides tombées précocement des marronniers et des platanes parisiens. Dans quatre jours, l'inspecteur divisionnaire vedette de la Brigade Mondaine était en vacances « d'été » et ce temps ne lui donnait pas envie de sourire. C'était le triste privilège des célibataires endurcis comme lui, ça : prendre ses congés estivaux pratiquement à l'entrée de l'hiver, quand les pères de familles avaient tous repris le collier. Enfin…

Invinciblement, tels deux aiguilles attirées par le pôle magnétique, les yeux de Corentin revinrent se poser sur la femme qui buvait sa tasse de chocolat chaud à toutes petites gorgées, sans jamais lever la tête, sans paraître même avoir conscience de la présence d'autres gens autour d'elle, dans ce café trop violemment éclairé au néon, saturé d'une odeur prenante de croque-monsieur chaud et bruyant des bribes de conversations de comptoir.

Après avoir hésité à commander un deuxième demi au garçon morose et blafard, Boris Corentin préféra y renoncer et s'absorba dans la contemplation de sa presque voisine. Examen facilité par le fait que la petite table ronde qui les séparait était vide de consommateurs.

Elle se tenait très droite sur sa chaise et devait faire, d'après les estimations de Boris, entre un mètre soixante-dix et un mètre soixante-douze. Elle était très brune, à en juger par la mèche qui s'échappait de l'espèce de mantille de dentelle lui couvrant toute la tête. Elle avait le teint mat, de grands yeux en amande dont Boris ne distinguait pas la couleur mais qu'il devinait foncés, et une bouche sensuelle, aux lèvres épaisses, dont l'incarnat clair et vif ne devait rien à un quelconque rouge artificiel.

Comme l'inconnue se tenait très cambrée, il n'était pas difficile de deviner, sous la robe longue mais très ajustée, qu'elle possédait de longues jambes fines, une croupe ferme et proéminente, ainsi qu'une poitrine qui devait fort bien pouvoir se passer de soutien-gorge.

Mais surtout, ce qui la rendait affolante, c'était ce mélange particulier de sensualité torride et de réserve presque pudibonde qui émanait de toute sa personne. Un contraste rendu encore plus détonant par sa tenue.

Car la buveuse de chocolat était vêtue de noir des pieds à la tête. Noire la robe, fumés les bas (ou les collants ?), noire la mantille qui emprisonnait sa chevelure.

Et noirs les longs gants de soie qu'elle n'avait pas quittés.

La femme qui faisait face à Boris Corentin sans paraître le voir était une veuve comme on n'en faisait presque plus. Comme Corentin était habitué à en voir dans sa Bretagne natale, à Audierne, mais qui avaient presque disparu à Paris et dans la plupart des grandes villes de France.

Et pourtant, elle était jeune. Dans les trente ans, d'après Boris. Et la présence d'une figure aussi démodée, aussi anachronique, dans un bistrot parisien, suffisait à emplir l'atmosphère d'une sorte d'électricité particulière qu'il fallait bien qualifier d'érotique.

Évidemment, le fait que ce café où elle s'était réfugiée soit situé en face du cimetière du Père-Lachaise, rendait sa présence ici un peu moins surprenante. Il n'empêche : Corentin aurait donné gros pour entrer en contact avec elle, histoire d'en savoir un peu plus sur cette étrange et attirante créature qui paraissait jaillir tout droit d'un siècle révolu.

C'est juste au moment où, après avoir réglé ses consommations, Boris Corentin se levait pour partir que « ça » se produisit.

Après avoir bu une énième gorgée de son breuvage épais et mousseux, la veuve releva lentement la tête pour la première fois depuis que Boris l'observait. Il constata machinalement que ses larges yeux étaient aussi noirs qu'il les avait imaginés. Elle les planta sans hésiter dans les siens et il en resta saisi d'étonnement.

Lentement, avec une sensualité presque agressive à force d'être sans équivoque possible, la veuve venait de passer sa langue sur ses lèvres pour en ôter la fine trace de chocolat qui s'y accrochait. Mais elle l'avait fait dans un demi-sourire, sans quitter Corentin des yeux. Et en même temps, sa main droite toujours gantée s'était posée à la base de son sein gauche et le pressait doucement d'un mouvement presque imperceptible de ses longs doigts.

Boris Corentin sentit une boule de chaleur se former à toute vitesse au creux de sa poitrine et remonter vers sa gorge. Il restait là, debout, les bras ballants, les yeux fixés sur cette femme en deuil qui semblait littéralement s'offrir à lui alors que, quelques secondes plus tôt, il aurait juré qu'elle ne s'était même pas aperçue qu'il était là.

Pour la première fois peut-être, depuis le début de sa brillante carrière de séducteur, Corentin ne savait plus trop quoi faire. Partir ? Se rasseoir ? Lui sourire ?

La veuve le tira elle-même d'embarras en écartant brusquement la deuxième chaise qui bordait sa table et en la désignant d'un geste vague de la main. Tout ça, sans cesser de braquer ses yeux noirs dans ceux de Corentin. Comme invite, on pouvait difficilement faire plus clair.

— Est-ce que vous m'autoriseriez à vous offrir un autre chocolat ? demanda Boris en s'asseyant.

La veuve tourna lentement la tête vers lui et passa de nouveau une pointe de langue sur ses lèvres presque trop rouges. Machinalement, Corentin constata que les pupilles de ses yeux – difficilement discernables dans le noir de l'iris – étaient comme dilatées mais il n'y prêta pas plus d'attention que ça, immédiatement capté par la voix rauque, rehaussée d'une pointe d'accent latino-américain :

— Un chocolat, non, ça suffit comme ça. Mais un double Chivas sans glace, je veux bien. J'en ai particulièrement besoin en ce moment...

— Ma question est sans doute idiote, fit Boris après avoir passé la commande au garçon blafard, mais je ne dois pas être le premier à vous la poser...

— Vous allez me demander si je suis veuve ? l'interrompit-elle d'une voix un peu trop brusque. La réponse est oui. Depuis deux jours.

— Toutes mes condoléances...

— Gardez-les pour vous, répliqua la veuve du tac au tac, en posant négligemment sa main gauche sur l'avant-bras de Corentin. Je vais peut-être vous paraître brutale, mais sachez que je déteste ce genre de jérémiades. Et puis, entre mon mari et moi, ce n'était plus vraiment le grand amour, si vous voulez tout savoir...

Elle but la moitié de son whisky d'un trait sans en

sembler incommodée et sa voix baissa de deux tons :

— Évidemment, c'est un grand choc quand même. Tout s'est passé si vite…

Sa main n'avait pas quitté l'avant-bras de Boris et elle pétrissait le cuir fin de son blouson avec une sorte de fièvre incontrôlable. La soie noire crissait doucement sur le cuir, comme de minuscules décharges d'électricité.

— Comment est-ce arrivé ? interrogea Boris, histoire de dire quelque chose.

Il était tout juste en train de se demander s'il avait vraiment bien fait de répondre à l'invitation de sa voisine. D'accord, il n'avait rien de précis à faire de sa soirée, mais quand même : de là à jouer les confesseurs pour veuves éplorées…

— La barre de direction, répondit sa voisine d'un ton calme, après avoir vidé le reste de son verre. Il avait un rendez-vous à Château-Gaillard, en Normandie, et la barre de direction de sa 605 s'est déboulonnée juste à l'entrée d'un virage en épingle. Mon mari adorait conduire vite…

— Je vois, murmura Boris. La fatalité…

— C'est ça, appuya-t-elle, la fatalité…

— Écoutez, madame, je ne sais pas si…

— Je vous en prie, ne m'appelez pas madame, l'interrompit-elle d'une voix soudain presque guillerette. Ce n'est pas parce que je suis veuve que j'ai pris vingt ans d'un coup ! Mon prénom est Pilar…

— Et le mien est Boris, glissa Corentin.

— Je suis Urugayenne d'origine, poursuivit Pilar.

C'est pour ça que je suis tout en noire : le deuil s'affiche encore couramment, dans mon pays.

Sans prendre la peine de consulter Boris Corentin, Pilar fit signe au serveur de venir remplir son verre vide. Apparemment, son veuvage ne lui avait pas coupé son goût pour l'alcool. Un goût qu'elle assumait sans aucune gêne.

— Et l'inhumation du défunt a déjà eu lieu ? demanda Boris, un peu surpris de la rapidité de la chose.

Pilar secoua la tête de gauche à droite, avec un petit rire étrange et très bref :

— Oh non, pas avant après-demain ! Mais je suis venue régler tous les détails de la cérémonie avec l'entreprise de pompes funèbres. Et repérer la concession de mon mari, en face.

— Il y a encore de la place au Père-Lachaise ? s'étonna Corentin. Je croyais que... enfin... Toutes les concessions ne sont-elles pas à perpétuité ?

— C'est ce que croient beaucoup de gens, mais en réalité ce n'est pas du tout une obligation, répondit Pilar, en saisissant avidement le verre que le barman venait de poser devant elle. On peut prendre des concessions de cinq, trente ou cinquante ans. Si elle n'ont pas été renouvelées dans les deux ans qui suivent leur expiration, les restes sont transportés à l'ossuaire et les emplacements sont repris par la Ville de Paris qui les réattribue. Ça fait de la place disponible pour les nouveaux venus...

Boris la dévisagea d'un œil surpris. Même si ce n'était plus le grand amour avec son mari, elle parlait de tous ces détails pratiques avec un détachement étonnant. Et en même temps, il y avait comme une sorte d'exaltation dans sa voix. Une exaltation contenue mais qui paraissait n'attendre que la plus petite occasion pour exploser à l'extérieur d'elle-même. Pilar se leva brusquement et fit à Corentin un petit sourire contrit :

— Vous m'excusez un moment ? Surtout ne profitez pas de mon absence pour vous enfuir lâchement !

Elle avait prononcé les derniers mots d'un ton plus rauque, comme chargé de promesses…

Perplexe, Corentin la regarda s'éloigner en direction des toilettes, d'une démarche exagérément chaloupée, suivie par les yeux luisants de trois « Mimiles » accoudés au comptoir devant leurs pastis.

Boris se frotta le menton et soupira. Il y avait quelque chose qui ne collait pas chez elle. Elle ne paraissait pas dans son état normal. Même compte tenu de son veuvage récent et brutal, Corentin la trouvait bizarre.

Il haussa les épaules. Après tout, elle avait peut-être pris un excitant quelconque pour tenir le coup… Le problème, c'est que ce genre de produits faisait rarement bon ménage avec l'alcool.

En tout cas, ça n'enlevait rien à son pouvoir érotique. Boris Corentin chassa aussitôt de son esprit les pensées lubriques qui s'y formaient à toute vitesse. Tout attirante qu'elle puisse être, Pilar était tout de même veuve de la veille !

Elle finit par ressortir des toilettes après un temps qui parut excessivement long à Corentin. Quand elle se rassit près de lui, ses yeux brillaient encore plus qu'avant. Et d'une lueur plus sauvage.

Elle siffla son reste de whisky d'un trait, prit une profonde inspiration et posa carrément sa main gauche toujours gainée de soie sur le genoux de Corentin, sous la table.

— Vous savez ce qui me ferait plaisir ? lui chuchota-t-elle tout contre l'oreille. Que vous m'accompagniez à l'intérieur du cimetière. J'avais le choix entre deux concessions et je ne suis pas certaine d'avoir choisi la meilleure. J'aimerais avoir votre avis là-dessus...

C'était cousu de fil blanc. Corentin, le cœur battant, se dit que Pilar avait bel et bien baissé brusquement sa garde et qu'elle lui proposait franchement une partie de jambes en l'air. Ce qui était loin de lui déplaire, compte tenu de l'espèce de magnétisme sexuel qui irradiait de toute sa personne. Seulement, il y avait cette proposition plutôt bizarre....

— Vous accompagner ? demanda Boris. Mais quand ? Il est presque neuf heures maintenant : le Père-Lachaise est fermé depuis un bout de temps.

Pilar eut un petit rire de gorge :

— Pas forcément pour tout le monde !

Elle se pencha encore plus vers lui et ses seins volumineux s'écrasèrent sur son bras. Sa bouche chaude se colla à l'oreille de Boris :

— Je vais sortir d'ici et vous allez attendre dix minutes avant de quitter ce café à votre tour.

— Très bien, et après ? demanda Boris sur le même ton, en commençant à s'amuser de la situation.

— Vous rejoindrez la rue de la Réunion. Là, il y a une entrée annexe pour pénétrer dans le cimetière. Elle ne sera pas fermée à clé.

— Mais pouvez-vous…

Pilar posa un doigt sur les lèvres de Boris pour le faire taire :

— Pas de question ! Rejoignez-moi dans l'avenue transversale numéro 2, en bordure de la quatre-vingt-douzième section. Il y a là une tombe un peu particulière. À vous de la reconnaître : c'est là que je vous attendrai. Vous ne le regretterez pas, je vous le promets…

Avant que Corentin ait pu objecter quoi que ce soit, la veuve uruguayenne avait quitté le café et s'était fondue dans la nuit du boulevard. En oubliant de payer son chocolat, comme il le constata avec un petit sourire. Bon prince, il le régla avec les deux Chivas.

Quand Boris sortit, il s'aperçut avec plaisir que le vent était complètement tombé et qu'il régnait sur Paris une tiédeur agréable. Immobile sur le trottoir du boulevard de Ménilmontant, il se demanda une seconde s'il n'allait pas oublier sagement le rendez-vous de Pilar et rentrer directement dans son studio de la rue de Turbigo.

Mais la sagesse n'avait jamais été le fort de l'inspecteur divisionnaire Corentin. Son goût de l'aventure prit très vite le dessus et il se dirigea à grandes enjambées vers le boulevard de Charonne qui allait lui permettre de rejoindre la rue de Bagnolet, sur la gauche, puis la rue de la Réunion, encore à gauche.

Dix minutes plus tard, effectivement, quand il la poussa, la grille qui barrait l'accès au Père-Lachaise s'ouvrit sans le moindre grincement. Après avoir machinalement vérifié que personne ne le voyait entrer, Corentin s'engouffra à l'intérieur de l'immense cimetière de quarante-quatre hectares qui formait un véritable parc naturel en plein cœur de Paris.

Après seulement quelques pas, il eut l'impression de basculer dans un autre monde. Le bruit des moteurs, des klaxons, des cris, commença par s'estomper rapidement avant de s'éteindre tout à fait.

Et ne demeura, autour de Corentin, que l'interminable silence exhalé par les gisants, uniquement troublé par le bruissement soyeux de la brise dans les feuilles des marronniers et des acacias. De loin en loin, le sifflement mélodieux d'un merle venait à point pour rappeler que, même ici, la vie battait dans l'obscurité des arbres et des marbres.

Pris par cette atmosphère d'incroyable quiétude, de sérénité éternelle qui, malgré tout, n'était pas celle de la mort, Boris Corentin mit plusieurs minutes avant de s'apercevoir qu'il marchait au hasard des allées sinueuses et désertes, sans même savoir où il se dirigeait.

Il étouffa un juron entre ses dents. Évidemment, il n'avait aucun plan à sa disposition. Il s'arrêta pour réfléchir. « quatre-vingt-douzième division » avait indiqué Pilar. Pour être venu quelquefois au Père-Lachaise, il se souvenait que les divisions les plus élevées étaient groupées au nord-est du cimetière, c'est-à-dire à l'opposé de l'entrée principale située boulevard de Ménilmontant. Comme il était entré plein est, il fallait qu'il remonte légèrement sur sa droite pour retrouver l'avenue transversale. Laquelle, comme son nom l'indique, traverse le Père-Lachaise de part en part suivant un axe *grosso modo* sud-est nord-ouest.

Quand il arriva à hauteur de la quatre-vingt-quinzième division, Corentin poussa un soupir de soulagement. Il n'était plus très loin du lieu de rendez-vous fixé par Pilar. Encore lui restait-il à repérer la tombe « un peu particulière » dont lui avait parlé Pilar.

Seulement, au Père-Lachaise, il y en a des centaines, des sépultures « un peu particulières », depuis l'humble plaque de granit jusqu'au grandiose monument néo-gothique de la taille d'une petite église. Et la pénombre qui régnait dans les allées silencieuses, malgré la lune, n'aidait pas les recherches.

Soudain, Boris Corentin s'arrêta pile et poussa une brève exclamation. Il était certain d'être face à la tombe que Pilar voulait qu'il découvre.

C'était celle de Victor Noir.

Corentin identifia immédiatement le gisant de bronze qui recouvrait toute la dalle funéraire. À la clarté blafarde de la lune, il repéra les endroit où la sculpture verdâtre était polie par les innombrables frottements auxquels elle était soumise depuis plus de cent ans : le bout de chaque botte, le nez, la bouche et le menton.

Mais surtout l'impressionnant renflement du sexe dont le sculpteur avait généreusement doté Victor Noir, ce jeune journaliste de vingt-deux ans, assassiné dans un accès de rage par Pierre Bonaparte, le cousin de Napoléon III.

Grâce à sa mémoire infaillible, Corentin se souvenait très bien de la suite de l'histoire. D'abord enterré à Neuilly, Victor Noir fut transféré au Père-Lachaise en 1891. C'est alors que Dalou réalisa ce « pris sur le vif » du journaliste assassiné, en le dotant d'une braguette particulièrement proéminente.

Presque aussitôt, la légende avait pris corps. Faisant de Victor Noir, une sorte de saint païen, elle affirme que toute jeune fille qui déposera une fleur dans le chapeau renversé de la statue après lui avoir caressé le sexe se mariera dans les 365 jours suivants. Mais aussi que les femmes stériles retrouveront leur fécondité grâce aux mêmes attouchements.

De fait, Corentin constata que trois œillets sortaient du chapeau et qu'une rose avait été glissée dans chacune des mains du gisant.

À ce moment-là, une silhouette sombre et longiligne jaillit de derrière un monument funéraire carré et se planta derrière la tête du gisant, face à Corentin qui se trouvait, lui, à ses pieds.

C'était Pilar, la veuve uruguayenne.

Dans l'obscurité, il ne distinguait pas son visage, mais ça ne pouvait être qu'elle. Elle écarta légèrement les bras et murmura d'une voix changée, plus rauque et vibrante d'une sensualité lourde :

— Mon Victor chéri ! Enfin tu es venu ! Pour t'unir à moi, pour m'emplir de ta force…

Tout en parlant, elle défaisait lentement ses longs gants de soie noire, avec un sens de l'érotisme aussi violent et lourd que celui de Rita Hayworth dans *Gilda*.

Avant que Boris n'ait eu le temps de se demander pourquoi elle l'appelait Victor alors qu'elle savait qu'il se prénommait Boris, il vit Pilar grimper sur la dalle et se laisser tomber à quatre pattes, tête-bêche sur le gisant.

Le cœur battant, incrédule, il la vit plier les bras pour se pencher en avant. Et, avec un soupir de femelle possédée par le désir, poser ses lèvres avides sur la braguette de bonze de la statue pour la lécher avidement.

« Une folle hystérique » songea Corentin. Mais à la même seconde, pris lui aussi par l'érotisme violent et étrange qui se dégageait de la scène, il sentit les battements de son cœur s'accélérer vertigineusement et son sexe se gonfler et durcir à toute vitesse. En quelques secondes, il eut au moins la taille de celui de Victor Noir.

Et la même rigidité de bronze.

Sans cesser de lécher la proéminence lustrée de la statue, Pilar avait relevé sa robe de deuil jusqu'à la taille, laissant apparaître sous les rayons de la lune la peau satinée de ses cuisses et de sa croupe rebondie. Ainsi que le triangle couleur de nuit qui nichait en bas de son ventre plat et ferme.

Le souffle coupé, Boris la vit onduler des hanches et laisser descendre son bassin jusqu'à ce que sa peau entre en contact avec la bouche du gisant.

Quand sa chair brûlante toucha le bronze froid, Pilar redressa le buste et poussa un long cri rauque. Elle se mit à s'agiter frénétiquement en haletant.

Corentin, estomaqué, n'arrivait plus à détacher ses yeux de cette scène hallucinante. Devant lui, au beau milieu d'un cimetière désert, une femme était en train de faire l'amour avec la statue d'un homme mort depuis près de cent trente ans. Réalisant la fusion parfaite et affolante d'Éros et de Thanatos [1]. Les yeux exorbités, les deux mains accrochées à la pointe des bottes du gisant, Pilar agitait sa tête dans tous les sens, comme une folle en plein accès de démence.

Presque malgré lui, la fièvre et le sang battant à ses tempes comme un tambour, Corentin fit un pas en avant, ses pieds butèrent contre le bord de la stèle.

Aussitôt, Pilar lâcha l'une des bottes de bronze et s'agrippa au pantalon de Boris, déformé par une bosse encore plus considérable que celle de Noir.

— Victor ! haleta Pilar d'une voix presque méconnaissable, donne-moi ta puissance ! Remplis-moi de ton flux vital ! Rends-moi femme, enfin...

Tout en lançant vers la lune ses incantations bizarres, Pilar achevait de déboutonner Boris. Aussitôt, son sexe jaillit à l'air libre, tel un monstrueux ressort trop tendu.

— Le sceptre ! s'extasia Pilar, sans cesser d'aller et venir sur le visage du gisant. Le sceptre-phallus ! Pour moi seule, le sceptre de Victor !...

Avec une sorte de grondement de gorge, Pilar avança sa tête, entrouvrit ses lèvres épaisses et rouges, et engloutit la virilité qui oscillait lourdement à hauteur de son visage. Boris Corentin

1. Respectivement dieux de l'amour et de la mort, dans la mythologie grecque.

renversa la tête en arrière et ferma à demi les yeux, le souffle coupé par la chaleur soyeuse et humide qui l'enserrait avec volupté.

Au-dessus de lui, il distinguait vaguement la cime des marronniers, des érables, des platanes, des acacias et des hêtres noirs d'Amérique qui balançait mollement sous la brise d'une étonnante tiédeur.

La bouche de Pilar, souple, vivante, allait et venait le long de sa virilité palpitante tandis que, tout autour de lui, les sombres monuments immobiles dardaient leurs croix de pierre, de marbre ou de fer.

Empoigné au plus intime de lui-même par la silencieuse magie qui s'exhalait de cet enchevêtrement de tombes, elles-mêmes cernées, fouillées, investies par un monde végétal frémissant, Boris Corentin sentit qu'il ne résisterait pas longtemps à la puissante houle de plaisir qui montait de ses reins comme une grande marée.

Pilar, la bouche et la gorge totalement envahies par le pieu de chair dure, dut le sentir aussi. Sans se soucier du grognement de frustration de son partenaire, elle se recula et lui fit signe de contourner la tombe.

En titubant à moitié de plaisir inabouti, Boris s'exécuta et vint se placer derrière Pilar, au-dessus du visage éternellement figé de Victor Noir.

Se cambrant au maximum, Pilar lui offrit la vision affolante de son intimité, sombre et touffue, dont le désir scintillait sous les rayons de la lune.

Avec une brutalité qui la fit ronronner de plaisir, Boris saisit Pilar par les hanches et la pénétra jusqu'à la garde d'un seul coup de reins puissant, irrésistible.

Aussitôt, il eut la sensation délicieuse que les mille tentacules d'une sorte de déesse-pieuvre consacrée à l'érotisme venaient de l'enserrer pour extirper de lui jusqu'à la plus infime particule de jouissance.

Sans même s'en rendre compte, Boris enfonça ses ongles dans la peau satinée des hanches de Pilar qui poussa un long cri rauque en sentant le mâle prendre totalement possession de son corps vibrant.

Incapable de se contenir plus longtemps, saisi par une fureur sexuelle telle qu'il en avait rarement connue, Corentin accéléra le rythme de ses coups de boutoir, avec l'impression géniale qu'il pénétrait chaque fois un peu plus loin dans ce corps écartelé par le plaisir qui montait des profondeurs.

Juste au-dessous d'eux, de ce mâle et de cette femelle soudés par le lien le plus essentiel et le plus primitif qui soit, le gisant d'un jeune homme contemplait sans la voir la fusion de deux sexes en ébullition.

Quand Boris explosa en elle avec une puissance dévastatrice, Pilar émit un long feulement de bonheur qui s'acheva brusquement en une sorte de gargouillis, de râle d'agonisant. Elle se laissa tomber d'un bloc sur la statue allongée et demeura inerte, la bouche collée à la protubérance de bronze, lustrée depuis un siècle par des milliers d'attouchements vibrants de lubricité ou d'espoir.

Il fallut plusieurs secondes à Corentin pour reprendre une respiration normale. Lorsqu'il se releva, à nouveau ferme sur ses jambes, Pilar n'avait toujours pas bougé et, vaguement surpris, il se pencha vers elle.

— Merde ! marmonna-t-il entre ses dents. Mais qu'est-ce qu'elle a ?

Ses connaissances médicales étaient suffisantes pour qu'il réalise immédiatement ce qui se passait : Pilar était purement et simplement tombée en syncope sous l'effet ravageur de l'orgasme obtenu grâce à ses « bons offices ».

Après l'avoir étendue sur le dos à même le sol, à côté de la tombe, Corentin colla son oreille contre la poitrine de Pilar. Son cœur battait bien trop lentement et de façon irrégulière. Par contre, elle respirait à peu près normalement, ce qui le rassura. Tout de même inquiet, Boris lui écarta les paupières. Il fut immédiatement fixé.

Les pupilles de Pilar étaient totalement dilatées. Exactement comme sous l'effet d'une drogue puissante, genre cocaïne. Corentin comprit que c'était sûrement ce qu'elle était allé faire, aux toilettes du bistrot où ils s'étaient rencontrés : sniffer une dose de cocaïne.

Corentin en était là de ses réflexions quand il s'aperçut que la jeune femme tenait quelque chose dans la main droite. Il desserra ses doigts et reconnut immédiatement le minuscule flacon marron à bouchon noir.

Du poppers[1].

1. Puissant vaso-dilatateur qui, par inhalation, supprime pour quelques minutes les inhibitions et décuple le plaisir sexuel. Dangereux, surtout en cas de déficience cardiaque.

Elle avait dû s'en respirer une bonne dose juste avant de se jeter sur la tombe de Victor Noir. C'est ça qui l'avait mise dans cet état brutal d'hyper-excitation.

Évidemment, le poppers plus la cocaïne, le tout dilué dans les verres de whisky pris au café juste avant, le cocktail était détonant.

Maudissant le sort, Corentin sortit son téléphone portable de la poche intérieure de son blouson. Il n'avait plus qu'une chose à faire : appeler ses collègues du commissariat du XXe arrondissement, place Gambetta, pour obtenir le numéro de la Conservation du cimetière, où les gardes stationnaient toute la nuit entre deux rondes.

Quand les gardes en question arrivèrent dix minutes plus tard, Pilar n'avait toujours pas repris connaissance, mais son cœur battait de nouveau normalement.

Les gardes étaient trois : deux qui portaient une civière et un, plus jeune, qui faisait visiblement office de chef.

— Mes respects, monsieur l'Inspecteur divisionnaire ! claironna ce dernier, sans chercher le moins du monde à masquer l'ironie du ton de sa voix. C'est un honneur de pouvoir rendre service au célèbre Boris Corentin, l'as des as de la Brigade Mondaine ! Je suppose que cette femme vous a paru suspecte et que c'est pour ça que vous l'avez suivie jusqu'ici en pleine nuit au mépris des réglements du cimetière, n'est-ce pas ?

Les mâchoires de Corentin se durcirent et ses traits se figèrent. Avant même que l'autre ait eu le temps de voir venir quoi que ce soit, il se retrouva empoigné par le revers de sa vareuse bleue réglementaire et soulevé à un ou deux centimètres du sol.

— C'est exactement pour ça que je suis ici en effet, siffla Corentin. Et je souhaite vivement que ce soit la version que vous reteniez pour tout le temps qu'il vous reste à vivre. Est-ce que je me suis bien fait comprendre, monsieur le gardien des morts ?

L'autre avait viré au vert pâle. Il rajusta machinalement ses petites lunettes rondes quand Boris le lâcha.

— Évidemment, je... Enfin, bien sûr... balbutia-t-il. Que... Que voulez-vous que nous fassions d'elle ?

— Ce qu'on doit faire dans pareil cas, répondit Corentin d'un ton froid. Vous la ramenez à la Conservation où vous serez rejoints d'ici quelques minutes par mes collègues de la place Gambetta. Et vous veillez sur elle en attendant l'ambulance que, bien sûr, vous aviez l'intention d'appeler immédiatement.

Le jeune gardien pâlit encore plus :

— Bien sûr... L'ambulance...

Corentin désigna à l'un des deux autres le sac en crocodile noir que Pilar avait déposé au pied d'un acacias, à droite de la tombe de Victor Noir :

— N'oubliez pas ça. Bon, moi, je file, je vous appellerai demain matin pour que vous me teniez au courant de la suite des événements. Il va sans dire qu'il me paraît tout à fait inutile que mon nom soit mentionné dans votre rapport...

— Inutile, évidemment... bredouilla le gardien en

chef, tandis que ses hommes s'éloignaient déjà avec Pilar, toujours évanouie, sur la civière.

Il se dépêcha de tourner les talons pour les rejoindre, sur le chemin de l'entrée principale.

Boris Corentin allait se mettre en route vers la sortie de la rue de la Réunion lorsqu'il aperçut, contre l'acacia où se trouvait précédemment le sac de Pilar, un petit rectangle de carton blanc. Il se baissa pour le ramasser.

« Nos chers disparus », lut-il. Et, dessous, en lettres rondes plus petites : « Association d'entraide, de soutien et d'assistance aux femmes veuves ».

Boris Corentin mit la carte dans sa poche et se dirigea vers la sortie. Rien d'étonnant à ce qu'une femme qui vient de perdre brutalement son mari ait contacté une association de ce type. Même si, d'après son expérience personnelle, celle-ci avait déjà trouvé d'autres moyens pour noyer son chagrin.

Pilar sortit brusquement de son évanouissement, se redressa et inspecta l'endroit où elle se trouvait, le cœur battant. Pendant une seconde ou deux, elle eut la sensation paniquante de ne même plus savoir qui elle était ni ce qu'elle avait fait avant de se réveiller dans ce lieu inconnu, dans cette pièce sombre et triste.

Et puis, d'un coup, la mémoire lui revint. Et elle se mit à trembler pour de bon.

Les gestes encore mal assurés, elle réussit à se lever du lit métallique sur lequel elle était allongée. Ou plutôt : sur lequel « on » l'avait allongée.

De l'autre côté de la porte entrebâillée, mais assez loin d'elle, elle percevait plusieurs voix d'hommes. Au moins trois. Qui étaient-ils ? Que lui voulaient-ils ?

Pilar chassa ces questions d'un revers de main. Tout cela n'avait plus aucune importance. Maintenant qu'elle se souvenait parfaitement de ce qu'elle avait fait avec cet homme, ce Boris, et surtout de ce qu'elle avait eu la bêtise de lui dire, elle savait qu'elle n'avait plus qu'une chose à faire. Et il fallait la faire vite. Sinon, tout était foutu.

Pilar se dirigea en titubant vers la porte, la poussa doucement. Elle ferma les yeux quand le flot de lumière crue lui frappa la rétine. Quand elle les rouvrit, elle sentit son cœur se recroqueviller dans sa poitrine et ses jambes flageoler. Aux quatre murs de la pièce qui s'ouvrait devant elle, des affiches aux couleurs passées vantaient les charmes du Père-Lachaise ; d'autres encore affichaient les consignes de sécurité à faire respecter à l'intérieur du cimetière.

Elle se trouvait dans le bâtiment de la Conservation. Prise au piège.

Quasi simultanément, elle aperçut dans la pièce suivante, sur sa droite, trois hommes en uniforme de gardiens, de dos, groupés autour d'un téléphone. L'un d'eux était occupé à composer un numéro sur le cadran à touches.

Instinctivement, Pilar se recula dans l'ombre. Ses yeux tombèrent par hasard sur son sac à main, posé sur une chaise métallique, à l'entrée de la pièce. Elle s'en empara et le serra convulsivement sur sa poitrine.

Il fallait qu'elle sorte de là. Il le fallait absolument. Sinon…

Les yeux hagards et la démarche flottante d'une somnambule, Pilar se dirigea vers l'autre porte qui donnait dans la pièce aux affiches. À l'opposé de celle derrière laquelle les trois gardiens téléphonaient. Pilar comprit tout de suite qui ils appelaient.

Les flics.

Et elle comprit encore plus certainement que c'était pour elle que la police allait débarquer d'une minute à l'autre.

Raison de plus pour fuir.

Elle ouvrit la porte et se retrouva dans un couloir sombre, uniquement éclairé par une veilleuse bleuâtre, tout au fond, au-dessus d'une autre porte.

Si cette porte-là ne débouchait sur nulle part, elle était fichue. Elle la poussa en tremblant et réprima de justesse un cri de triomphe.

Elle venait d'émerger à l'air libre, dans l'avenue du Puits, à l'intérieur de l'enceinte du Père-Lachaise.

Mais surtout à quelques mètres de la sortie donnant dans la rue du Repos, si bien nommée. Porte dont, par chance, « les autres » lui avaient également fourni la clé.

Et, au bout, la liberté.

Pilar remonta l'allée dans cette direction. En priant pour que sa fuite ne soit pas repérée trop vite. Qu'elle ait le temps de disparaître et de se fondre dans la nuit.

Tout en franchissant le mur d'enceinte du cimetière, elle n'avait plus qu'une idée en tête. Une idée lancinante, presque douloureuse. Une idée dont dépendait toute sa vie future. Car maintenant qu'elle s'était montrée si bavarde avec ce Boris qui l'avait fait craquer au point de lui faire tout oublier, elle n'avait plus d'autres solutions.

Demain au plus tard, elle devait avoir quitté la France et l'Europe. Pour n'y plus jamais revenir.

CHAPITRE II

Boris Corentin jeta un coup d'œil résigné par la fenêtre du bureau qu'il partageait avec son coéquipier de toujours, l'inspecteur principal Aimé Brichot, ainsi qu'avec Rabert et Tardet[1], au deuxième étage du 36, quai des Orfèvres. On était le vendredi 2 octobre et il pleuvait sans discontinuer depuis deux jours.

Et le 2 octobre, c'était précisément la veille du départ en vacances de l'inspecteur divisionnaire Boris Corentin.

Avec une grimace, il se dit que la bronzette, c'était raté pour cette année. Ça ferait au moins une heureuse : sa vieille mère qui allait l'avoir rien que pour elle, dans l'antique maison bretonne d'Audierne qui l'avait vu naître.

Corentin adorait sa mère. Mais de là à passer quatre semaines en tête à tête avec elle à écouter dégouliner la pluie sur les carreaux…

Il jeta un coup d'œil en coin à Aimé Brichot, plongé depuis un petit quart d'heure dans la lecture

1. L'autre équipe des Affaires Recommandées, chargée des affaires « sensibles » de la Brigade Mondaine.

de *Libération*. Auparavant, il lui avait détaillé par le menu les avantages de son tout nouveau téléphone portable, que Jeannette, sa femme, venait de lui offrir pour son anniversaire. Corentin se fichait des portables. Il reconnaissait que c'était pratique dans son boulot, mais de là à regarder ce truc comme la huitième merveille du monde…

Il avait quand même écouté son coéquipier avec patience, au nom de l'amitié qui les liait depuis si longtemps.

N'empêche qu'il ne connaissait pas son bonheur, Aimé Brichot, de pouvoir partir tous les ans soit en juillet soit en août, sous prétexte qu'il avait une épouse et trois adorables rejetons.

Corentin haussa imperceptiblement les épaules. Après tout, il n'avait à s'en prendre qu'à lui-même : c'est bien lui qui avait toujours reculé devant le mariage, à chaque fois qu'une vraie occasion s'était présentée. Mais il était comme ça, Boris Corentin : trop épris de liberté, trop excité par l'aventure qui l'attendait au coin de chaque rue, derrière chaque sourire féminin.

Le visage de Corentin s'assombrit et un pli de contrariété rapprocha ses deux sourcils.

Dommage que, de temps en temps, l'aventure tourne au drame. Comme l'autre soir, trois jours plus tôt, au Père-Lachaise.

En y repensant, Boris ne se sentait pas précisément fier de lui. Aller faire l'amour à une inconnue sur une tombe quand on est un policier émérite, franchement…

Mais d'un autre côté, elle était si excitante, cette

Pilar, si irrésistible, et l'expérience était si extraordinaire qu'il s'en serait voulu encore plus de l'avoir laissé passer.

Certes, l'affaire s'était plutôt mal terminée. D'abord, la fille était tombée dans les pommes et ensuite, les gardes avaient trouvé le moyen de la laisser filer du bâtiment de la Conservation avant l'arrivée des policiers. Et sans même avoir pris son identité, en plus.

Boris Corentin attrapa son paquet de Gitanes blondes sur son bureau et en alluma une dont il tira une bouffée voluptueuse. Après tout, ça n'avait pas une grande importance. Si Pilar était partie par ses propres moyens, c'est qu'elle se sentait mieux. Et, mis à part la drogue qu'elle avait sûrement consommée, elle n'avait pas fait grand-chose de répréhensible. S'il n'y avait que des délinquants sexuels comme elle, la vie des inspecteurs de la Brigade Mondaine deviendrait un vrai petit paradis...

La sonnerie grêle du téléphone les fit sursauter en même temps, Aimé Brichot et lui. Boris Corentin décrocha le premier et reconnut instantanément la voix éraillée par des décennies de tabagisme actif du commissaire divisionnaire Charlie Badolini – surnommé Baba par ses inspecteurs –, le patron de la Brigade mondaine.

— C'est vous, Boris ? Vous pouvez dire à Brichot que je l'attends dans mon bureau pour lui présenter la personne avec qui il va faire équipe pendant vos vacances ? Et puis, tenez, venez donc aussi, ça vous intéressera sûrement...

Le commissaire divisionnaire raccrocha avant que

Corentin ait pu émettre un avis sur quoi que ce soit. Il répéta à Aimé Brichot ce qu'il venait d'entendre. Celui-ci remonta sur son nez ses lunettes de myope léger et passa une main sur sa calvitie de plus en plus étendue :

— En quoi est-ce que ton remplaçant pourrait t'intéresser ? Il devient gâteux, Baba, ou quoi ?

— Allons-y, on verra bien, fit Corentin en écrasant le mégot de sa Gitane blonde dans le cendrier en verre de son bureau. De toute façon, je n'ai rien de mieux à faire, alors...

Dès qu'il eut poussé la double porte capitonnée du bureau directorial, Boris comprit ce que Charlie Badolini avait voulu dire par « ça vous intéressera sûrement ».

Son remplaçant était une remplaçante.

Tout sauf désagréable à regarder.

Elle s'était levée à leur entrée et leur faisait face, ce qui laissait à Corentin tout le loisir de la détailler.

La stagiaire que ce veinard de Brichot allait cornaquer pendant près d'un mois, ne devait pas avoir plus de vingt-deux ou vingt-trois ans. Plutôt petite – sans doute pas plus d'un mètre soixante-cinq –, elle possédait un corps qui paraissait en même temps fin et opulent. C'était sans doute la croupe rebondie et la poitrine généreuse qui donnaient cette impression.

Elle était vêtue le plus simplement du monde : jean noir moulant et tee-shirt de même couleur, plutôt moulant lui aussi. L'uniforme des jeunes de sa génération.

Mais c'était surtout son visage qui attirait les

regards. En tout cas ceux d'un amateur incorrigible de femmes comme Boris Corentin.

Des yeux immenses, noirs comme l'encre, étiré vers l'extérieur, imperceptiblement rehaussés de bleu.

Des joues un peu rebondies et satinées, une bouche rouge comme un fruit d'été, dont les lèvres aux commissures légèrement tombantes lui donnait l'air d'une petite fille boudeuse.

L'ensemble était encadré d'une magnifique chevelure brune bouclée qui tombait en cascade sur ses épaules.

Tout cela plus son incroyable teint d'ivoire disait clairement ses origines nord-africaines. Instinctivement, en puisant dans ses souvenirs, Boris Corentin aurait penché pour le Maroc.

Il s'avança vers elle tout sourire et prit délicatement la main, petite et délicate, qu'elle lui tendait :

— Bienvenue au club, mademoiselle...

— Boulaïa, répondit-elle d'une voix nette sans s'apercevoir que Charlie Badolini, derrière son bureau, ouvrait la bouche pour la présenter. Patricia Boulaïa. Et vous, je présume que vous êtes le célébrissime inspecteur divisionnaire Boris Corentin.

— Célèbre est déjà très exagéré, rigola Boris. Alors, célébrissime...

Il plongea ses yeux dans ceux de Patricia :

— Maroc ?

— Villeneuve-la-Garenne, répondit-elle du tac au tac et sur la défensive. Je suis née en France et je suis française. Ça vous va comme réponse ?

Boris resta une seconde interdit, puis il éclata de

rire et se tourna vers un Aimé Brichot légèrement renfrogné :

— Dis donc, Mémé, elle a du caractère ta coéquipière, on dirait !

Il redevint sérieux en s'adressant de nouveau à Patricia dont les prunelles noires étincelaient :

— Je pense que vous avez mal compris le sens de ma question, mademoiselle Boulaïa. Dire que vous êtes française est une évidence… puisque vous êtes dans la police française. Et interrogez n'importe qui ici, tout le monde vous dira que je n'ai pas pour habitude de juger les gens sur leur passeport, pas plus d'ailleurs que sur la couleur de leur peau. Non, voyez-vous, c'est juste qu'en vous découvrant, je me suis dit que vous aviez exactement le genre de beauté lumineuse que j'ai souvent constaté chez les femmes marocaines…

Patricia Boulaïa ne put s'empêcher de rougir légèrement de plaisir et dut faire un effort considérable pour reprendre sa mine renfrognée.

— Mes parents sont de Casablanca, lâcha-t-elle à regret, les yeux obstinément fixés sur la pointe de ses baskets, des Nike bien sûr.

Charlie Badolini frappa dans ses mains, comme pour signifier la fin de la récréation :

— Mon cher Boris, vos développements sur les différentes beautés du Maghreb sont évidemment passionnants, mais je vous rappelle que mademoiselle Boulaïa est là pour une prise de contact avec sa future flèche[1].

---

1. Le premier des deux dans une équipe de policiers.

Le commissaire divisionnaire eut un sourire qui se voulait charmeur en direction de Patricia et lui désigna Aimé de la main droite :

— Mademoiselle, laissez-moi vous présenter l'inspecteur principal Aimé Brichot, l'un de nos plus brillants éléments, je n'hésite pas à le dire.

Oubliant de rougir sous le compliment, Brichot serra mollement la main de Patricia en grommelant quelques mots indistincts.

Patricia le toisa de la tête aux pieds. Puis, les deux poings sur les hanches, elle lança :

— C'est le fait que je sois une nana qui vous embête, ou c'est de travailler avec une Beurette ?

Aimé Brichot échangea un coup d'œil consterné avec sa flèche. S'il ne pouvait pas prononcer un mot en l'air sans se faire rembarrer par la demoiselle, elles allaient être gaies, les quatre semaines sans Boris !

Ce fut Corentin qui reprit la parole :

— Écoutez, mademoiselle Boulaïa, il y a une chose que vous devez absolument vous mettre dans la tête : encore une fois, personne ici ne vous jugera sur autre chose que sur vos capacités à apprendre un boulot et à mettre ce que vous aurez appris en pratique, d'accord ? Est-ce qu'il est possible, au moins, de vous demander pourquoi vous avez voulu entrer dans la police ?

Avant de répondre, Patricia s'assit du bout des fesses dans le fauteuil que lui désignait Charlie Badolini. Corentin prit place dans l'autre, tandis que Brichot attirait une chaise à lui.

— Le ras-le-bol, répondit Patricia.

— Pardon ? fit Brichot, sans cesser de torturer la pointe de sa moustache.

— J'ai voulu être flic parce que j'en avais marre d'entendre toujours les mêmes conneries à la télé sur le malaise des jeunes dans les banlieues. Vous savez, l'éternelle équation : banlieue + jeunes + immigration = chômage + délinquance + drogue. Alors, c'est vrai que ça existe, tout ça. Mais il ne faudrait pas que les « bons Français » comme vous s'imaginent que ça représente l'ensemble de la population de moins de vingt-cinq ans. C'est pour ça que j'ai bossé pour devenir flic : pour montrer qu'il y avait aussi des jeunes Beurs qui prenaient leur avenir en main. Et l'avenir de la France par la même occasion !

Boris Corentin lui lança un regard plutôt admiratif :

— Eh bien, dites, c'est ce que j'appellerais un vaste programme, ça ! Mais chapeau, ça vaut le coup d'être tenté, je trouve. Seulement, maintenant, il va falloir dépasser le stade des vœux pieux et se mettre au boulot.

Patricia soutint son regard avec un petit sourire de défi au coin de ses lèvres boudeuses :

— J'y compte bien, monsieur Corentin ! C'est quoi le menu du jour ?

Les trois inspecteurs se tournèrent vers Charlie Badolini qui semblait s'amuser follement.

— Pas grand-chose à se mettre sous la dent, répondit-il après avoir allumé sa énième Job Spéciale de la matinée au mégot de la précédente.

Il s'adressa directement à Patricia :

— Vous devriez en profiter pour aller régler tous les petits problèmes de paperasserie au service du personnel. Ces deux messieurs charmants vont vous expliquer où c'est.

Patricia se leva et se dirigea vers la porte :

— Pas la peine, je saurai bien me débrouiller toute seule !

Et elle sortit sous les regards mi-amusés, mi-éberlués des trois hommes.

— Du caractère, apprécia Corentin.

— Un peu trop, répondit Brichot en sourdine.

— Il faudra faire avec, conclut Badolini.

Cinq minutes plus tard, les deux inspecteurs étaient de retour dans le bureau des Affaires Recommandées et Brichot s'était déjà replongé dans la lecture de *Libération*.

Au bout d'un moment, Corentin, qui s'ennuyait un peu en contemplant mélancoliquement la pluie qui ne cessait de tomber, releva le nez :

— C'est quoi l'actualité de ce matin ?

— Pas grand-chose, en effet. Les chamailleries politiques habituelles, les petites phrases et les grosses vacheries... Ah, tiens, un fait divers : un diplomate français qui s'est tué en voiture avant-hier.

— Pas de quoi s'en relever la nuit, grommela Corentin.

— T'as raison. D'autant que c'est juste un stupide accident : un boulon de la barre de direction qui a sauté juste à l'entrée d'un virage.

Une petite lumière rouge s'alluma dans le cerveau de Corentin qui se redressa dans son fauteuil :

— Tu peux me lire ça, Mémé ?

Brichot haussa les épaules et rajusta ses lunettes sur son nez :

— Si ça peux te faire plaisir... Alors voilà : *« Hervé de Kérivec, diplomate français de haut rang, a trouvé la mort, ce mercredi 30 septembre, vers vingt-deux heures, alors qu'il se rendait aux Andelys (Eure), au volant de sa voiture personnelle, une 605 Peugeot pratiquement neuve. D'après l'enquête de gendarmerie, un boulon de la barre de direction mal serré aurait causé l'accident fatal au diplomate qui, d'après d'autres sources, avait l'habitude de conduire très vite. Hervé de Kérivec s'apprêtait à prendre de hautes fonctions à l'ambassade française de Madrid. Précédemment il avait occupé divers postes, notamment en Argentine et en Uruguay. »*

Quand il eut fini de lire, Aimé Brichot jeta un regard interloqué à sa flèche :

— Eh bien, Boris, mon vieux, qu'est-ce qui t'arrive ? On dirait que tu as vu un fantôme !

— Tu ne crois pas si bien dire... répondit Corentin d'une voix sourde.

Et il entreprit de lui raconter depuis le début son aventure avec Pilar, au Père-Lachaise. Quand il eut fini, Brichot se marrait franchement :

— Mon pauvre Boris ! Passe-moi l'expression, mais si tu continues à te laisser mener par le bout de ton sexe, tu finiras en prison ou chez les dingues !

Il redevint sérieux :

— Pour le reste, je ne vois là qu'une suite de coïncidences assez banales : le mari de ta Pilar s'est tué de la même façon que ce Kérivec et ils avaient la même voiture. La belle affaire !

— Il n'y a pas que ça, appuya Boris. Elle m'a dit que son mari s'était tué sur la route de Château-Gaillard qui se trouve être sur le territoire de la commune des Andelys où se rendait ce Kérivec. Le même Kérivec a été en poste en Uruguay et ma Pilar était uruguayenne.

— Bon, d'accord, fit Brichot en repliant son journal, ça fait un peu trop de coïncidences. Admettons alors qu'Hervé de Kérivec était justement le mari de ta veuve joyeuse, et tout s'éclaire.

Corentin alluma nerveusement une Gitane blonde :

— Tout s'assombrit, au contraire.

— Ah oui ? Et pourquoi ça ?

Boris Corentin regarda son coéquipier droit dans les yeux :

— Parce que, Mémé, il y a une chose que je ne t'ai pas encore dite, et c'est la suivante : ma petite aventure au Père-Lachaise a eu lieu mardi soir, le 29 septembre donc. Ce qui signifie que si Hervé de Kérivec est bien son mari, Pilar m'a raconté sa mort vingt-quatre heures avant qu'elle ne se produise réellement !

Un épais silence tomba sur le bureau, le temps pour les deux policiers d'examiner les implications possibles de ce tour de passe-passe temporel.

— Tu en déduis quoi ? demanda finalement Brichot.

Corentin posa sa Gitane blonde dans le cendrier de verre avant de répondre :

— Je n'en déduis rien pour l'instant. Par contre, j'ai bien l'intention d'aller mettre un peu mon nez dans cette histoire pas catholique.

— Tu oublies que ce n'est pas du tout du ressort de la Brigade Mondaine, objecta Brichot.

Corentin se leva et fit jouer les articulation de ses épaules, un sourire carnassier aux lèvres :

— Je m'en fiche, Mémé : je te rappelle qu'à partir de ce soir, je suis en vacances !

CHAPITRE III

Thérèse de Grignancourt repoussa la mèche brune qui revenait obstinément balayer sa joue très pâle à la pommette légèrement saillante. Elle appuya son grand front à la vitre dégoulinante et s'absorba dans la contemplation de la pluie qui noyait la rue des Champs, à Asnières, où elle vivait depuis dix-huit ans, dans l'étonnante villa normande construite par le grand-père de son mari.

Ou plutôt de son défunt mari, puisque Jean-Paul Vouzier avait eu la bonne idée de se noyer dans sa propre piscine, cinq ans auparavant.

En tout cas, Thérèse de Grignancourt – qui avait immédiatement repris son nom de jeune fille – trouvait que c'était la meilleure idée qu'il ait jamais eue.

Un rictus de haine déforma sa bouche aux lèvres minces mais bien dessinées. Même cinq ans après sa disparition, elle était encore incapable d'évoquer la personne de son mari sans bouillir de rage intérieurement.

Parfois, quand elle y repensait – et elle y repensait souvent –, Thérèse se disait que toute sa vie n'avait été qu'un immense gâchis.

Son enfance ? Gâchée par la bigoterie de sa mère

qui passait son temps à voir le démon partout et à attendre l'Apocalypse. Gâchée par le manque d'argent chronique du comte de Grignancourt, son père, qui trouvait indigne de son rang de travailler.

Son adolescence ? Gâchée par les deux mêmes, par ce père dont elle avait honte et cette mère qui voyait en tout représentant du sexe masculin, quel que fût son âge, l'incarnation du diable. Et pas question d'inviter à la maison le moindre camarade, garçon ou fille, s'il n'était pas dûment particulé. De toute façon, Thérèse était bien trop gênée de l'état de délabrement et de misère de la demeure familiale pour songer à inviter qui que ce soit.

Sa vie de femme ? Gâchée par Jean-Paul Vouzier, ce butor mal dégrossi, de vingt et un ans son aîné, qu'on lui avait imposé pour mari. Jean-Paul Vouzier, très fier de la fortune qu'il avait édifié tout seul dans le bâtiment, et qui s'était offert une fille de comte en secondes noces, comme on se paie une pute un soir de cuite. Et qui la traitait comme telle. À sa disparition, Thérèse avait eu la désagréable surprise d'apprendre que Vouzier léguait tout aux deux enfants de sa première femme. Il lui laissait juste la jouissance de la villa normande d'Asnières jusqu'à sa mort.

Et le pire, c'est que jamais, elle n'avait eu droit, de la part de ce mari étranger, au moindre geste de tendresse ou même de simple affection. Quant au sexe…

Les deux premières années, il venait encore de loin en loin la rejoindre dans sa chambre pour une étreinte rapide et bâclée. Et après, plus rien. Le désert érotique. Le néant amoureux.

Thérèse de Grignancourt en avait conçu une haine des hommes, de leurs sourires, de leurs promesses. Et surtout de cette flamme de désir bestial qu'à trente-sept ans, elle allumait encore souvent dans leurs yeux.

Le bruit de la porte de la bibliothèque, derrière elle, la fit sursauter. Elle se retourna d'un bloc, prête à griffer ou à mordre l'intrus.

Elle se détendit et sourit en reconnaissant Caroline Pernet qui, depuis deux ans qu'elle était veuve, vivait à demeure ici, dans la chambre bleue du deuxième étage.

À trente-cinq ans, Caroline était son antithèse parfaite et c'est ce qui avait tout de suite séduit Thérèse chez elle. Aussi blonde que Thérèse était brune, elle avait la grâce alanguie et l'apparente fragilité d'un Botticelli, tandis que Thérèse possédait une beauté plus froide, plus dure. Elle était petite et grassouillette, Thérèse était grande et mince.

Et surtout, il y avait dans les yeux, dans le sourire de Caroline, cette soumission passionnée et impétueuse qui remuait Thérèse beaucoup plus qu'elle ne voulait l'avouer, et se l'avouer.

En fait, leur seul point commun, c'était leur veuvage. Et, avant, une vie conjugale en forme de catastrophe naturelle.

Pratiquement dès le début de leur amitié amoureuse, Caroline lui avait avoué que, pendant huit ans, Robert, son mari, l'avait battue et violée à chaque fois qu'il rentrait ivre. C'est-à-dire, en pratique, à chaque fois qu'il rentrait. Terrorisée par lui, entièrement tétanisée par cette violence toujours prête à se déchaîner contre elle, Caroline n'avait jamais osé demander le divorce.

Elle n'avait été délivrée de son bourreau que deux ans plus tôt, au cours de vacances bretonnes, quand Robert avait tenu, après un déjeuner trop arrosé, à aller faire une balade sur les falaises de Crozon. Un faux pas avait suffi pour qu'on le ramasse à la petite cuiller, trente mètres plus bas. Comme Robert Pernet n'avait jamais eu un sou devant lui, le problème de l'héritage ne s'était pas posé pour sa veuve.

Caroline s'avança au milieu de la pièce un peu sombre, dont les murs étaient abondamment garnis de livres : des éditions anciennes et précieuses, achetées au mètre par Jean-Paul Vouzier, parce que « ça fait riche ». Elle était vêtue d'une jupe multicolore ample, et, en haut, d'un chemisier ultracourt qui laissait son nombril à l'air et parvenait tout juste à emprisonner deux seins lourds et légèrement tombants.

Thérèse ressentit comme une boule de chaleur au creux de son estomac et ouvrit les bras avec un sourire gourmand. Aussitôt, Caroline vint se blottir contre elle et les deux femmes échangèrent un baiser interminable et vorace.

Thérèse laissa ses mains glisser le long du dos de Caroline qui se mit à ronronner quand les doigts fins et nerveux s'insinuèrent dans le profond sillon de sa croupe généreuse, à travers le tissu vaporeux de sa jupe. Instinctivement, elle se serra un peu plus fort contre le corps mince mais musclé de Thérèse.

Elle adorait le contact du cuir dont Thérèse aimait

à se vêtir. Du cuir noir, toujours. D'ailleurs, cuir ou pas, Caroline n'avait jamais vu Thérèse autrement qu'en noir. À la rigueur du gris anthracite.

Quand Thérèse l'écarta doucement d'elle, Caroline haletait. Mais au regard froid de sa compagne, elle comprit qu'il valait mieux ravaler son désir pour le moment.

— Tu n'as pas l'air d'aller ce matin, observa-t-elle. Quelque chose te tracasse ?

— Je pense à des choses... répondit évasivement Thérèse de sa voix grave.

Caroline eut un petit sourire mutin :

— Des choses qui te fatiguent ? La Constitution ? L'environnement ?

Sa plaisanterie ne dérida pas Thérèse. Au contraire : elle repoussa Caroline sans douceur et se mit à arpenter la bibliothèque à grandes enjambées.

— C'est à cause de Pilar, finit-elle par lâcher. Pas moyen de la joindre nulle part. Je n'aime pas beaucoup ça. D'autant que cette salope nous doit encore pas mal d'argent...

Le visage de Caroline Pernet s'assombrit brusquement et elle regarda Thérèse de Grignancourt avec appréhension :

— À propos de mauvaises nouvelles, c'est pour ça que je suis entrée dans ton bureau, au départ...

Le visage triangulaire de Thérèse se ferma encore un peu plus :

— Eh bien, vas-y, je t'écoute !

— Il y a Gillian qui est là. Gillian Mayo...

Caroline crut pendant une seconde ou deux que la colère allait faire exploser Thérèse. Mais finalement, ses épaules se voûtèrent légèrement et elle eut un geste vague en direction de la porte :

— Très bien, fais-la entrer. Et laisse-nous seules...

Caroline ne se fit pas prier pour disparaître. Presque aussitôt après son départ, la porte se rouvrit bruyamment et une jeune femme d'environ trente ans, vêtue d'un jean et d'un tee-shirt vert, orange et blanc, sous un blouson de cuir ouvert.

Thérèse ne put s'empêcher de la détailler une nouvelle fois. Et toujours avec la même sensation d'agacement.

Gillian Mayo, l'Irlandaise, l'impressionnait. C'était la seule femme qui lui faisait cet effet-là, mais Thérèse ne pouvait absolument rien contre ça.

Avec ses cheveux blond cendré coupés très courts, l'éclat métallique de ses yeux délavés, la ligne dure de sa bouche, elle dégageait une impression d'énergie indomptable, de volonté farouche. Et même dangereuse.

Sensation renforcée encore par son physique. Gillian avait beau posséder un corps aux lignes parfaites – même si la poitrine était un peu menue au goût de Thérèse –, on devinait l'existence, sous la peau satinée et laiteuse, d'une force parfaitement maîtrisée, et d'autant plus implacable.

Parfois, quand l'Irlandaise plongeait ses yeux d'eau dans les siens, Thérèse se disait qu'elle n'était pas en face d'une femme, mais d'un robot. Ou alors d'une sorte d'Alien, un monstre mortel qui aurait pris l'apparence d'une créature humaine et sensuelle pour mieux tromper ses victimes.

— Qu'est-ce que vous voulez ? demanda Thérèse d'un ton un peu trop brusque. Je croyais m'être bien fait comprendre dès le départ : vous ne devez pas venir ici, sauf en cas d'absolue nécessité.

— Il y a absolue nécessité, répondit Gillian Mayo d'une voix coupante et glaciale, rehaussée d'une pointe d'accent. Une absolue nécessité de cinq mille dollars : ceux que vous me devez.

— Il y a un petit contretemps, dit Thérèse. C'est pour ça que je ne vous ai pas contactée.

Aucun muscle du visage de Gillian ne bougea, mais ses deux poings se crispèrent imperceptiblement.

— Dans mon métier, il n'y a jamais de contretemps. En tout cas, quand il s'en présente un, on s'arrange pour le supprimer très vite, si vous voyez ce que je veux dire.

Thérèse sentit un frisson lui glacer la colonne vertébrale et elle s'en voulut de cette réaction de peur, trop « féminine » à son goût.

— Écoutez, reprit-elle d'une voix moins assurée, je n'ai jamais dit que je ne voulais pas vous régler ce qui est prévu. Simplement, je n'arrive pas à mettre la main sur Pilar et elle me doit beaucoup d'argent. Ce qui fait que…

— *It's not MY problem !* siffla Gillian en faisant un pas vers Thérèse qui recula instinctivement. J'ai exécuté un travail précis pour une somme précise. Une somme que vous allez me payer maintenant. *NOW !*

Thérèse de Grignancourt sentit le sang refluer de son visage déjà très pâle et ses épaules s'affaisser.

Vaincue par le ton menaçant de l'Irlandaise, elle se dirigea vers le meuble d'acajou, à droite de la fenêtre, à l'intérieur duquel était dissimulé le coffre-fort. Elle prit bien soin de se placer entre la porte et Gillian avant de composer la combinaison d'ouverture.

— Pas la peine de vous cacher, laissa tomber l'Irlandaise d'un ton méprisant : je ne suis pas une voleuse.

Elle prit la liasse que Thérèse lui tendait et l'enfourna dans la poche intérieure de son blouson sans prendre la peine de compter les billets verts.

Pour ça aussi, Thérèse lui en voulut : l'Irlandaise lisait dans ses yeux qu'elle avait peur d'elle et qu'elle n'oserait pas essayer de l'arnaquer.

Gillian eut un petit sourire froid et se dirigea vers la porte de la bibliothèque, les mains dans les poches. Avant de sortir, elle se retourna :

— Si vous avez encore besoin de mes services, n'hésitez surtout pas : j'adore travailler avec des filles raisonnables, comme vous...

Restée seule, Thérèse de Grignancourt laissa exploser sa rage en un chapelet de jurons sonores. Presque aussitôt, la porte s'entrouvrit et le visage inquiet de Caroline Pernet apparut :

— Qu'est-ce qui t'arrive ? Ça s'est mal passé ?

— Ne t'occupe pas de ça ! gronda Thérèse. Et vient plutôt par ici...

Caroline entra aussitôt, l'œil allumé et la mine gourmande. Elle savait très bien de quoi avait besoin Thérèse pour se calmer, quand elle était dans cet état-là. Et elle était tout à fait partante.

Elle resta debout, immobile au milieu de la grande pièce un peu sombre, et attendit la suite. Une suite dont elle savait qu'elle n'allait pas tarder.

Effectivement, Thérèse, l'œil étincelant de colère, un rictus mauvais sur les lèvres, marcha sur elle à grandes enjambées, faisant gémir les lattes du parquet impeccablement ciré.

Arrivée devant Caroline, Thérèse lui arracha littéralement sa jupe et son chemisier. Caroline, en petite culotte rose, n'esquissa pas un geste.

Sans douceur, Thérèse lui empoigna le sein droit et se mit à en tordre la pointe rose tendre entre ses doigts nerveux. Caroline eut un petit sursaut provoqué par la douleur, mais presque aussitôt, ses lèvres s'entrouvrirent et elle exhala un soupir de plaisir.

Thérèse, les yeux exorbités et une légère rougeur sur ses joues pâles, fit glisser son autre main entre l'élastique de la culotte et la peau satinée et blanche du ventre de Caroline. Elle poussa un gémissement rauque quand ses doigts atteignirent l'orée de la toison blonde, avant de s'enfoncer d'un coup dans le ventre offert, chaud et onctueux.

La tête renversée en arrière, Caroline se cambra et écarta les cuisses pour se donner encore davantage à la caresse affolante, impérieuse, qui lui envoyait des ondes brûlantes à travers tout le corps.

— Tu aimes ça, ma belle salope ! souffla Thérèse tout contre son oreille finement ourlée. Tu aimes te faire baiser, hein ! Attends, j'ai autre chose de mieux pour toi. Mets-toi en position…

Sachant parfaitement ce qui l'attendait, Caroline fit glisser sa culotte le long de ses jambes fuselées, avec des gestes rendus maladroits par le désir qui montait en elle. Puis, elle se laissa tomber à quatre pattes sur le parquet gémissant et cambra les reins. Jouissant de la vision obscène qu'elle offrait à sa compagne, occupée à fouiller dans le tiroir d'un petit secrétaire Louis-Philippe.

Caroline se mordit les lèvres pour ne pas crier de désir en voyant sa « logeuse » revenir vers elle, « l'objet » à la main. Haletante, elle la dévorait des yeux pendant que celle-ci se débarrassait à la hâte de son pantalon de cuir, de son chemisier de soie noire et de ses sous-vêtements en dentelle de même couleur. D'instinct, elle se cambra encore plus en découvrant le corps nu de Thérèse. Un corps ferme et fin à la fois, presque anguleux. Un corps masculin par sa musculature et féminin par l'imposante poitrine et la cambrure parfaite des reins. Et aussi par le buisson noir qui masquait la jonction des cuisses nerveuses.

Enfin, après s'être complaisamment laissé admirer, de face et de dos, Thérèse ceignit « l'objet ».

Il s'agissait d'un membre viril en latex, d'un réalisme parfait et de dimensions impressionnantes. Il était muni à sa base d'un système de fines lanières de cuir qui permettait de se l'accrocher à la taille.

Sa particularité, c'est qu'il comportait en fait deux sexes. L'un, très gros, destiné à procurer du plaisir à une femme par les voies prévues par la nature. L'autre au-dessus, plus fin mais quand même respectable, étudié pour forcer la « porte étroite » chère à André Gide.

Quand elle eut fixé solidement le double membre

à sa taille, Thérèse s'agenouilla derrière Caroline et la saisit aux hanches. Elle avança le bassin et les deux phallus de caoutchouc entrèrent en contact avec le corps frémissant de la jeune femme qui respirait de plus en plus vite.

Thérèse prit une profonde inspiration et donna un grand coup de reins en avant. Doublement investie, Caroline poussa un long cri où la douleur et le plaisir se mêlaient intimement. Aussitôt, comme animé d'une vie propre, son bassin se mit à onduler pour mieux absorber les deux membres rigides qui la possédaient.

L'orgasme faucha les deux femmes en même temps. Celui de Caroline provoqué par les formidables coups de boutoir qui lui étaient infligés, et celui de Thérèse par la seule puissance de ses fantasmes : à chaque fois qu'elle prenait Caroline « comme un homme », elle n'avait même pas besoin d'un quelconque attouchement pour jouir aussi fort qu'elle.

Quand la double vague du plaisir reflua, Thérèse et Caroline perçurent derrière elle un gémissement aigu, presque plaintif, qui les fit se retourner en même temps.

Appuyée contre le chambranle de la porte, les yeux exorbités et le feu aux joues, Barbara les regardait, une main enfoncée dans l'entrebâillement de son pantalon de toile, sans que ni l'un ni l'autre ne l'ait entendu entrer.

Thérèse et Caroline attendirent patiemment que Barbara ait pris son plaisir en solitaire avant de se séparer. Elle jouit en poussant des cris de petite fille et se laissa glisser sur le parquet, les doigts toujours enfouis au point le plus brûlant de son corps.

Quand elle reprit ses esprits, elle regarda les deux autres avec un éclatant sourire :

— Excusez-moi, les filles, mais vous étiez si excitantes que je n'ai pas pu tenir…

Puis, elle secoua ses mèches blondes très frisées et éclata d'un rire insouciant.

Peut-être parce qu'à trente-deux ans, elle était la plus jeune du clan des veuves, Barbara Salieri était aussi la plus expansive, toujours prête à s'éclater, comme elle disait. Ce qui plaisait moins à Thérèse de Grignancourt, c'est qu'elle était toujours prête aussi à céder aux avances des hommes, contrairement à elle et à Caroline.

D'ailleurs, des trois, elle était la seule qui n'avait pas de haine pour son défunt mari. Leur union avait même été idyllique, jusqu'au moment où Victor Salieri, conseiller d'État promis à un brillant avenir, s'était mis à préférer les charmes des adolescents aux siens. Ça, elle n'avait jamais pu le supporter.

Du reste, ses amours pédérastiques n'avaient pas porté chance à Victor Salieri, puisqu'à la suite d'un méchant chantage, il avait préféré se faire sauter la cervelle dans son bureau plutôt que d'affronter l'opprobre et le déshonneur. Barbara avait alors trouvé réconfort et soutien moral auprès des membres de l'association « Nos chers disparus » qui avait pour mission de venir en aide aux veuves éplorées.

Elle s'était même prise d'une amitié passionnée pour la présidente de l'association, Thérèse de Grignancourt. Une amitié si passionnée qu'à son grand étonnement, Barbara ne s'était pas fait trop prier pour goûter dans ses bras – puis dans ceux de Caroline – aux plaisirs lesbiens.

Mais elle n'avait jamais pu se résoudre à renoncer aux hommes, comme elles.

Barbara se releva et se rajusta posément, tandis que les deux autres finissaient de se rhabiller. Elle se tourna vers Thérèse :

— Il y a une certaine Virginie Descrouelles qui vient d'arriver en bas. Il paraît que vous êtes au courant de sa visite...

Thérèse eut un petit sourire vite réprimé. La visite de Virginie Descrouelles, c'était la première vraie bonne nouvelle de la journée. Ça signifiait que les affaires reprenaient. Une manière de compenser les cinq mille dollars qu'elle avait été obligée de verser à Gillian Mayo tout à l'heure.

— C'est exact, dit-elle, je l'attendais. Fais-la venir, Barbara, s'il te plaît. Et laissez-moi seule avec elle, toutes les deux : votre présence risquerait de l'effrayer et de faire rater l'affaire. Et comme vous le savez, ce ne serait vraiment pas le moment.

Caroline et Barbara s'éclipsèrent. En attendant sa visiteuse, Thérèse retourna vers la fenêtre et s'absorba dans la contemplation de la rue noyée de pluie. Même le petit jardin devant la villa semblait se diluer dans cette eau interminable. Les moineaux, les mésanges et les merles voletaient d'un sapin à l'autre, essayant vainement de trouver un endroit sec. Un couple de pies picorait le gazon sans se soucier des aboiements furieux du berger allemand des voisins de droite.

Thérèse de Grignancourt fut tirée de sa rêverie par un bruit de talons dans le couloir. Virginie Descrouelles arrivait. Il allait s'agir de manœuvrer habilement avec elle. Ne pas la laisser échapper.

Un pli de contrariété plissa le front de Thérèse qui repoussa machinalement la mèche qui balayait sa joue pâle. Malgré tout, il faudrait bien, un jour ou l'autre, éclaircir l'inquiétant mystère de la disparition de Pilar. Où est-ce qu'elle pouvait être, celle-là ? Et pourquoi éprouvait-elle le besoin de se cacher alors que, apparemment, tout allait bien ?

CHAPITRE IV

— Dis donc, elle est furieusement décalée, sa baraque, à ta copine !

Aimé Brichot allait répondre quelque chose à Patricia Boulaïa, assise à côté de lui dans la R21 de service, mais il préféra s'abstenir. Ils ne faisaient équipe que depuis vendredi, on était lundi matin, et les rapports entre lui et la stagiaire que Badolini lui avait refilée entre les pattes étaient encore un petit peu tendus, même si chacun des deux commençait à y mettre du sien.

D'emblée, Patricia avait adopté le tutoiement avec lui. Brichot n'avait rien contre. La seule chose qui l'embêtait c'est que lui n'avait pas le tutoiement facile avec les femmes. Résultat, il continuait à donner du « vous » à cette gamine, ce qui les plaçait dans une situation assez comique, pour ne pas dire franchement absurde. En plus, Brichot avait beau se dire qu'il ne devait pas se montrer trop vieux jeu, il avait du mal à s'habituer au langage « branché » de sa coéquipière. Ce qui lui paraissait normal chez Rose et Colette, ses jumelles, lui semblait déplacé de la part d'un officier de police, fût-ce une stagiaire âgée de tout juste vingt-deux ans.

Cela dit, en coupant le moteur de la Renault rue des Champs, à Asnières, il fut bien obligé de convenir que Patricia avait raison : trouver en plein cœur des Hauts-de-Seine une villa normande à colombages, comme on en voit d'habitude entre Deauville et Cabourg, était pour le moins inattendu.

C'est pourtant bien là qu'habitait Thérèse de Grignancourt avec laquelle ils avaient rendez-vous, Patricia et lui, à onze heures précises.

Comme l'indiquait la plaque dorée fixée à la grille d'entrée, c'était également là qu'était installé le siège de l'association « Nos chers disparus », présidée par Thérèse de Grignancourt.

— Bon, on y va ou on campe sur place ? demanda Patricia qui se sentait des fourmis dans les jambes.

— Ça va, ça va ! bougonna Brichot en rajustant ses lunettes. D'ailleurs, mademoiselle, je vous signale qu'il n'est que onze heures moins sept et que nous avons rendez-vous à onze heures : la ponctualité, c'est l'une des qualités d'un bon flic.

— Merci pour la leçon, rigola Patricia en ouvrant sa portière, mais moi, j'ai moins deux à ma montre : tu retardes, à mon avis !

Aimé Brichot poussa un gros soupir. Elles allaient lui paraître longues, les quatre semaines sans Boris...

Boris, ce lâcheur ! Parce qu'en plus, c'était à cause de lui, s'il était ici ce matin. Corentin était venu dîner samedi soir au Kremlin-Bicêtre, dans le cinq pièces occupé par la famille Brichot. En fin de soirée, lestés des succulentes paupiettes de veau concoctées par Jeanette, les deux inspecteurs de la

Brigade Mondaine avaient tenu un conseil de guerre improvisé.

— Notre seule piste, avait expliqué Boris, c'est cette carte que j'ai ramassée au Père-Lachaise. « Nos chers disparus », association à but non lucratif. J'ai creusé un peu, le siège est quelque part à Asnières, la présidente est une certaine Thérèse de Grignancourt.

— Tu vas aller la voir ? avait demandé Brichot qui devinait déjà la réponse.

Boris avait fait la grimace :

— J'aimerais bien. Seulement, je te rappelle que je suis officiellement en vacances. Si jamais cette Thérèse de Grignancourt se rebiffe, ça pourrait mal tourner. Donc…

— Donc, c'est moi qui vais y aller, avait conclu Brichot tranquillement. Et sous quel prétexte, au fait ?

Corentin avait eu un geste évasif de la main :

— Celui que tu voudras, je te fais confiance. Mais fais dans le soft, surtout. Pas la peine d'éveiller ses soupçons, si jamais soupçons il y a lieu d'avoir.

— À mon avis, il y a lieu, avait répondu Aimé Brichot.

Le matin même, en effet, Boris Corentin, après deux ou trois coups de fil, avait eu confirmation qu'Hervé de Kérivec était bien marié à une Urugayenne prénommée Pilar. Du coup, plus de coïncidence possible : la mystérieuse Pilar de Corentin et la veuve du diplomate français ne pouvaient être qu'une seule et même personne. Et, au domicile parisien des époux Kérivec, le téléphone sonnait désespérément dans le vide depuis deux jours…

Le seul fil qui les reliait encore à Pilar de Kérivec était donc l'association « Nos chers disparus ». Il n'empêche qu'au moment où, répondant à son coup de sonnette, la grille s'ouvrit lentement en grinçant un peu, Aimé Brichot, flanqué de Patricia, se demandait encore ce qu'il allait bien pouvoir raconter à Thérèse de Grignancourt.

Ils furent reçus sur le perron de bois par une femme assez jolie, souriante, aux cheveux blonds et frisés. Qui détailla Aimé Brichot de la tête aux pieds sans aucune gêne, malgré le regard noir que lui lançait Patricia.

— Bonjour ! lança-t-elle d'une voix claironnante. Vous êtes les deux fl… les deux personnes de la police, c'est ça ? Thérèse… je veux dire : madame de Grignancourt vous attend. Suivez-moi…

Ils pénétrèrent dans un grand hall dont trois côtés sur quatre étaient recouverts par des glaces peintes en style Art Déco. Ils empruntèrent ensuite un petit couloir à droite du grand escalier en chêne qui montait en tournant vers les étages supérieurs. Enfin la jeune femme qui les avait accueillis les fit entrer dans une pièce meublée d'un unique bureau derrière lequel une fille d'environ vingt ans, myope comme une taupe, tapait sur le clavier d'un ordinateur. Au mur, derrière elle, une grande affiche portait l'inscription bien connue et parfaitement adaptée à l'endroit :

UN SEUL ÊTRE VOUS MANQUE
ET TOUT EST DÉPEUPLÉ

La blonde qui les pilotait ouvrit la porte communiquant avec le bureau voisin et s'effaça pour laisser entrer Brichot et Patricia.

La deuxième pièce était un peu plus grande, et surtout plus luxueusement meublée : que du chêne et de la marqueterie. Par la fenêtre donnant sur un petit parc, on apercevait un gigantesque marronnier dont les grandes feuilles étaient déjà toutes jaunes.

Au centre de la pièce, un sourire de commande sur ses lèvres minces, se tenait une grande femme brune, au teint très pâle, vêtue d'un strict tailleur noir.

Thérèse de Grignancourt, ainsi que le devinèrent en même temps Aimé Brichot et sa nouvelle coéquipière. Elle serra distraitement la main à Aimé Brichot mais garda plus longuement celle de Patricia dans la sienne.

— Asseyez-vous, je vous en prie, dit-elle d'une voix grave, en contournant son bureau. Alors, que peut bien me vouloir la police ?

Aimé Brichot eut un petit sourire qui se voulait badin, rassurant :

— Oh, à vous, rien du tout, madame, rassurez-vous ! Simplement, ma collègue et moi, sommes chargés d'une affaire de routine concernant la mort accidentelle d'un diplomate français, un certain Hervé de Kérivec. Il est mort il y a cinq jours. Il laisse derrière lui une veuve, prénommée Pilar. Et nous aurions aimé savoir si, par hasard, elle n'aurait pas fait appel à votre association pour l'aider à surmonter ces moments difficiles. Puisque c'est votre spécialité...

Thérèse de Grignancourt ne prit même pas la peine de réfléchir avant de répondre :

— Pilar de Kérivec, vous dites ? Non, je suis désolée, cette personne n'est jamais venue chez nous.

Elle se pencha en avant, comme pour faire une confidence :

— Vous comprenez, je mets un point d'honneur à recevoir moi-même toutes les malheureuses en détresse qui s'adressent à nous. Je suis donc la mieux placée pour vous dire que cette personne n'a jamais franchi le seuil de cette maison.

Thérèse de Grignancourt recula le buste et reprit sa voix normale :

— D'ailleurs, quand m'avez-vous dit que ce diplomate était mort ?

— Mercredi dernier, le 30, répondit Patricia, prenant Brichot de vitesse.

Thérèse de Grignancourt eut un petit sourire satisfait :

— Vous voyez bien que c'est impossible ! Son mari est mort mercredi et nous sommes fermés le week-end. Quand donc voulez-vous que cette malheureuse ait trouvé le temps de venir nous voir ?

— Et pourquoi pas jeudi, vendredi... ou ce matin ? suggéra calmement Aimé Brichot sans cesser de tortiller la pointe de sa moustache.

Thérèse de Grignancourt eut un petit sourire de commisération et haussa les épaules :

— On voit bien que vous ne connaissez pas grand-chose aux mécanismes du deuil, soit dit sans vouloir vous vexer. Ce type de douleur, de « manque » si vous voulez, ne survient jamais avant plusieurs semaines, parfois plusieurs mois. Non, non, c'est impossible...

Brichot décida d'abattre le seul atout qu'il possédait dans sa manche :

— Pourtant, cette personne possédait bel et bien la carte de votre association. C'est même parce qu'elle est tombée de son sac à main et qu'elle a été ramassée que nous avons eu l'idée de venir vous trouver...

À sa grande déception, Thérèse de Grignancourt ne se troubla pas du tout. Au contraire, son sourire s'élargit :

— Rien d'étonnant à cela : nous avons fait une petite campagne de sensibilisation, il y a trois ou quatre semaines. De la pub, si vous voulez, bien que j'aie horreur de ce mot. Plusieurs milliers de nos cartes ont été mises en circulation à cette occasion.

Aimé Brichot sentit que Patricia Boulaïa s'apprêtait à dire quelque chose et il la fusilla du regard pour lui faire comprendre qu'elle devait se taire. Il fut très étonné qu'elle obéissc.

— Bien, dit-il en se levant, je suppose que vous avez raison et que nous vous avons dérangée pour rien.

— Aucunc importance, monsieur l'Inspecteur. Si j'avais pu vous aider, croyez bien que c'eût été avcc plaisir.

— Ça ne fait rien, dit Brichot. N'empêche : ça ne doit pas être drôle tous les jours de côtoyer la douleur et la souffrance de toutes ces femmes...

Thérèse de Grignancourt eut un soupir de circonstance et rajusta machinalement la mèche brune qui balayait sa joue très pâle :

— Encore moins que vous le pensez ! C'est d'autant plus éprouvant que, dans bien des cas, nous ne sommes pas d'un grand secours pour ces malheureuses. Elles entrent dans mon bureau et, rien qu'à leur regard, je sais que je ne pourrai rien faire pour les empêcher de se briser comme des vases d'argile…

Aimé Brichot la contempla d'un air abasourdi, tandis que Patricia eut un petit sourire entendu que Thérèse de Grignancourt ne parut pas remarquer.

La présidente de « Nos chers disparus » les raccompagna jusqu'à la porte de son bureau, celle qui donnait directement dans le couloir qu'ils avaient emprunté en arrivant. Ils sortirent dans le jardin et remontèrent l'allée gravillonnée, sans avoir revu la femme qui les avait accueillis une demi-heure plus tôt.

— Pourquoi est-ce que tu m'as empêchée de poser la question que je voulais poser ? demanda Patricia dès qu'ils furent à l'air libre.

— Parce qu'il ne fallait surtout pas qu'on insiste de façon suspecte, répondit Brichot du tac au tac, d'un ton légèrement agacé. En plus, je sais très bien ce que vous vouliez lui demander…

Patricia s'immobilisa au milieu de l'allée et le toisa d'un air de défi :

— Eh bien, dis-le puisque tu es si malin !

Aimé Brichot, sûr de son coup, s'autorisa un petit sourire supérieur :

— Vous alliez dire à Thérèse de Grignancourt que ça ne vous semblait pas normal que Pilar de Kérivec ait conservé sa carte, puisqu'elle n'était pas encore veuve et qu'elle ne pouvait pas savoir que son mari allait avoir un accident !

Patricia se remit à marcher d'un air renfrogné :

— Comment t'as deviné que j'allais dire ça ?

— Parce que c'était la seule réflexion intelligente que pouvait se faire un flic pas trop nul.

Patricia s'arrêta de nouveau et se tourna vers Brichot avec un vrai sourire :

— Dis donc, c'est le premier compliment que tu me fais depuis qu'on est ensemble !

— Peut-être parce que c'est le premier que vous méritez ! grogna Aimé, un peu embarrassé.

Ils étaient arrivés à la grille donnant sur la rue des Champs quand Patricia lui prit le bras et le serra avec force :

— Mais dis donc, je pense à un truc...

— Dites toujours...

— Tu dis que Pilar de machin-chouette ne savait pas qu'elle allait devenir veuve. C'est vrai si son mari a vraiment eu un accident. Mais si c'était elle qui l'avait fait assassiner ? Ça expliquerait beaucoup de choses, tu ne crois pas ?

Aimé Brichot dégagea son bras et secoua la tête avec beaucoup de pitié :

— Il y a encore du boulot pour faire de vous un bon flic, à ce que je vois...

— Pourquoi tu dis ça ?

— Réfléchissez, mademoiselle Boulaïa ! Et d'abord, dites-vous bien que vous êtes dans la police française : pas dans un épisode de *Starsky et Hutch* ! D'autre part, en imaginant que vous ayez raison : vous croyez vraiment que Pilar de Kérivec aurait été assez idiote pour aller décrire dans les moindres détails la mort de son mari la veille de son assassinat ? Autant aller directement se livrer au commissariat le plus proche !

— Mais elle ne pouvait pas savoir que Corentin était flic, objecta mollement Patricia.

Aimé Brichot enfonça le clou :

— Et alors ? Ça change quoi ? Si votre mari devait être tué demain, vous iriez raconter au premier venu la façon dont il va mourir, vous ?

Ils étaient en train de remonter la rue des Champs en direction de la rue de Colombes. Patricia donna un coup de pied rageur dans un emballage vide de McDonald's.

— Je suis bien obligée de reconnaître que tu as raison, admit-elle de mauvaise grâce. Autant pour moi, monsieur le super-flic !

CHAPITRE V

Boris Corentin résista à l'envie d'allumer une Gitane blonde. Il venait tout juste d'éteindre la précédente.

Pour se protéger de la pluie, il se renfonça sous la porte cochère située rue de Colombes, juste en face de la rue des Champs. Rue où se trouvait le siège de l'association « Nos chers disparus » à l'intérieur de laquelle Aimé Brichot et Patricia Boulaïa venaient tout juste de disparaître.

Parce qu'il se sentait des envies et des besoins d'action, il avait préféré les accompagner jusqu'à Asnières plutôt que d'attendre sans rien faire dans son petit studio de la rue de Turbigo.

Une qui avait été très déçue – même si elle n'en avait rien laissé paraître – c'était madame Corentin mère. Quand son fils adoré lui avait annoncé qu'il repoussait sa venue à Audierne de quelques jours.

— Une affaire très importante, M'man. Mais rassure-toi, rien de dangereux !

Elle avait fait sagement semblant de le croire, comme à chaque fois…

Car pour Boris, il n'était plus question de départ jusqu'à nouvel ordre. En tout cas, pas avant qu'il n'ait résolu l'énigme posée par Pilar de Kérivec. Énigme dont il faisait une affaire personnelle : après tout, c'est quand même grâce à lui – ou à cause de lui… – si elle s'était déclenchée.

Aimé Brichot et Patricia Boulaïa n'étaient pas entrés dans l'étrange villa normande depuis plus de dix minutes qu'une femme rousse vêtue d'un imperméable vert bronze sous un grand parapluie ouvert en sortit.

Corentin paria mentalement qu'elle allait prendre sa direction plutôt que de lui tourner le dos… et il gagna. La femme marchait à grands pas, la tête baissée pour éviter les flaques d'eau qui jonchaient le trottoir inégal.

Quand elle ne fut plus qu'à trois ou quatre mètres de la porte cochère où il s'abritait, Corentin s'aperçut que son instinct ne l'avait pas trompé : elle était vraiment superbe, avec ses grands yeux verts qu'il apercevait quand elle relevait fugitivement la tête, et son opulente chevelure rousse. Et son imperméable ne parvenait pas à masquer ce que son corps devait avoir de voluptueux, de fait pour l'amour.

Mais il fut très déçu de la voir brusquement traverser la rue alors qu'elle n'était plus qu'à deux mètres de lui.

Il la vit s'engouffrer dans le café-brasserie qui faisait l'angle de la rue de Colombes.

Incorrigible, il se dit qu'après tout, un petit express bien chaud ne lui ferait pas de mal. En plus, comme le café possédait une vitrine donnant sur la rue des Champs, il pourrait toujours voir Brichot et Patricia ressortir.

Boris traversa la rue à son tour et s'engouffra dans l'établissement chichement éclairé. Derrière le comptoir, un énorme bonhomme moustachu et sanguin, le torchon sur l'épaule, disputait une partie de 421 avec un habitué, presque aussi rougeaud que lui et affligé d'un énorme nez tuberculoïde qui ne devait sans doute rien à l'absorption d'eaux minérales. De fait, les deux carburaient au pastis.

La salle, déserte, était tout en longueur avec, sur le mur du fond un carillon de Westminster en bois ouvragé qui, à l'entrée de Corentin, sonna onze heures en copiant la célèbre mélodie de Big Ben.

L'inconnue rousse était là.

Elle était en train d'enlever son imperméable, à la deuxième table en partant du comptoir. Dessous, elle portait un pull vert en mohair qui moulait étroitement une poitrine plus que généreuse. Dessous, un pantalon fuseau anthracite, tout aussi près du corps que le pull et qui, donc, ne cachait rien de la cambrure féline de sa croupe.

Elle s'assit et retira ses lunettes pour essuyer la buée qui s'était déposée sur les verres à son entrée dans le bistrot. Optant pour ce qu'il appelait « une attaque franche et massive », Corentin se planta face à elle, mains dans les poches, et dit avec un large sourire :

— Pas drôle, les lunettes, quand il pleut comme ça...

La rousse releva la tête, plissa les yeux et fronça le nez, comme font tous les myopes privés de leurs verres. Grimace qui ne parvint pas à l'enlaidir. « Au contraire », jugea Boris en connaisseur.

Sans doute incapable de distinguer les traits de l'homme qui s'adressait à elle, elle remit ses lunettes sans avoir tout à fait fini de les essuyer.

Boris Corentin fut stupéfait par sa réaction.

Ses yeux s'écarquillèrent, ses lèvres s'entrouvrirent, elle devint d'abord très pâle, puis, subitement, écarlate. Enfin, elle se dressa d'un bond et tendit l'index vers Boris, presque à le toucher.

— Victor ! murmura-t-elle d'une voix extasiée, avant de se laisser retomber sur sa chaise.

Corentin tressaillit et sentit son cœur se mettre à battre plus rapidement.

Cette femme inconnue était la deuxième en moins d'une semaine à l'appeler Victor.

Et la première, c'était Pilar de Kérivec, le soir du Père-Lachaise.

Boris parvint à garder un air très calme et souriant. Il désigna la chaise en face de la rousse :

— Vous permettez, mademoiselle ?

Elle continuait de le dévorer des yeux, la bouche entrouverte, comme si elle avait vu un spectre. Incapable de répondre, elle se contenta de hocher trois fois la tête affirmativement.

— Mon prénom est Boris, dit-il en sortant son paquet de Gitanes blondes de sa poche.

La rousse parut faire un violent effort pour sortir de l'espèce d'hypnose dans laquelle l'arrivée de Boris l'avait plongée.

— Et moi Virginie, murmura-t-elle avant d'ajouter avec un sourire timide, c'est pas mal, Boris, mais j'aurai préféré pouvoir vous appeler Victor.

Boris tendit son briquet en direction de la

Marlboro que Virginie venait de ficher entre ses lèvres puis alluma sa Gitane blonde :

— Victor ? Ça me va tout à fait. Mais à une condition…

— Laquelle ?

— Que vous me disiez pourquoi.

Virginie aspira une profonde bouffée et rejeta la fumée bleutée vers le plafond à la peinture écaillée :

— Parce que vous ressemblez étrangement à l'un des rares portraits que l'on connaisse de Victor Noir.

Elle se pencha en avant et ses seins volumineux s'écrasèrent sur le bord de la table en Formica :

— Vous savez qui est Victor Noir ?

— Pas du tout, assura Corentin avec une candeur parfaitement jouée.

Le regard de Virginie devint brillant et elle passa un bout de langue rose sur ses lèvres gonflées :

— C'est l'homme ! L'homme absolu ! Le mâle, si vous préférez, celui dont toutes les femmes rêvent au fond d'elles-mêmes : puissant, endurant, fécond, magique. Celui qui sait vaincre la frigidité et la stérilité. Celui qui nous prend et nous emporte hors de nous-mêmes, celui qui…

À chaque phrase, dite sur le mode incantatoire, Virginie s'exaltait un peu plus. Ses yeux étincelaient. Machinalement, elle portait alternativement une main puis l'autre sur ses seins et les pressait avec force sans même s'en rendre compte.

Corentin la laissait parler sans l'interrompre. Il ne voulait surtout pas risquer de casser la magie et perdre le contact qu'il avait établi avec elle. Il ignorait qui elle était, mais il y avait deux éléments capitaux.

Premièrement, elle vivait dans le même délire « Victor Noir » que Pilar de Kérivec.

Deuxièmement, au moment où il l'avait vue pour la première fois, elle sortait de l'association « Nos chers disparus » dont Pilar possédait une carte sur elle.

C'était trop pour être un simple hasard. Il devait y avoir un rapport entre tous ces éléments.

Virginie s'était tue brusquement et avait laissé son menton retomber sur sa poitrine. Corentin resta immobile et silencieux, attendant qu'elle reprenne l'initiative.

Enfin, Virginie releva la tête et lui sourit. Elle avait repris sa figure normale.

— Vous devez me prendre pour une folle ou une hystérique, dit-elle avec un timide sourire de petite fille prise en faute.

Boris posa sa main sur la sienne. Malgré un léger frémissement, elle ne la lui retira pas.

— Chacun de nous a le droit d'avoir ses rêves secrets, dit-il d'une voix douce. Les vôtres ne me semblent pas plus dingues que bien d'autres…

— Vous êtes gentil, murmura-t-elle.

Après une courte hésitation, Boris se risqua à poser la question qui lui brûlait les lèvres :

— Vous êtes mariée, Virginie ?

Il lui sembla qu'une ombre voilait son regard d'un vert si intense. Mais elle se reprit tout de suite et lui dit d'une voix naturelle :

— Je suis mariée, oui. Et heureuse de l'être. Pourquoi me demandez-vous ça ?

Boris lui adressa son plus beau sourire et accentua la pression de ses doigts sur les siens :

— Parce que c'est la question que tout homme se pose quand le hasard met sur son chemin une femme aussi belle et désirable que vous...

Virginie eut l'élégance de ne pas rougir ni protester. Elle se contenta d'un imperceptible battement de cils. Dans le langage amoureux universel, ça signifiait que le compliment avait été perçu... et accepté.

Corentin jubilait. Il plaisait à Virginie, c'était évident. Outre que ça flattait son instinct de chasseur et que ça laissait augurer des moments fort agréables, c'était surtout pour lui l'assurance qu'il allait pouvoir en savoir plus, par l'intermédiaire de Virginie, sur ce culte bizarre rendu à Victor Noir, entretenu, semblait-il, par l'association « Nos chers disparus ».

Depuis le début de leur conversation, le patron du bar, sans doute trop absorbé par sa partie de dés, n'avait pas daigné venir leur demander ce qu'ils souhaitaient boire. Corentin allait lui faire signe, quand, dans le reflet de la vitre, il aperçut deux silhouettes sortant de la villa normande.

Aimé Brichot et Patricia Boulaïa.

Il se mordit les lèvres pour ne pas laisser échapper un juron retentissant.

Il les avait complètement oubliés, ces deux-là.

C'était la tuile, car si, par mégarde, ne le voyant plus dans la rue, ils avaient l'idée d'entrer dans le café, ils risquaient de tout faire rater avec Virginie.

Ils n'étaient déjà plus très loin maintenant, il fallait faire vite.

Boris porta doucement à ses lèvres la main de Virginie, qui se laissa embrasser le bout des doigts avec une indéniable complaisance.

— Si vous le permettez, je vais vous abandonner un très court instant, dit-il de sa voix la plus tendre.

Virginie eut un simple hochement de tête et lui reprit sa maïn comme à regret.

Boris se leva et dut faire un effort pour ne pas courir jusqu'aux toilettes, au fond de la salle. Brichot et Patricia n'étaient plus qu'à une dizaine de mètres.

Dès qu'il fut enfermé, il sortit son portable et composa fébrilement le numéro de son coéquipier.

Brichot se connecta dès la deuxième sonnerie.

— Mémé, souffla Boris, c'est moi.

— Boris, mais enfin qu'est-ce qui t'arrive ? Tu es où, d'abord ?

— Dans les toilettes du café que tu vois juste devant toi, vieux frère.

— Bon sang, mais qu'est-ce que tu fabriques encore ? On joue à cache-cache, là ?

Corentin faisait des efforts pour ne pas élever la voix, malgré l'assez mauvaise transmission acoustique de la communication.

— Écoute, Mémé, chuchota-t-il, c'est un peu long à t'expliquer maintenant. Je suis sur une piste qui pourrait bien être intéressante. Voilà ce qu'on va faire : Patricia et toi, vous filez au Quai[1] où vous attendez mon prochain appel. Après, on se donnera rendez-vous quelque part. Ça te va ?

Il y eut un petit silence à l'autre bout, puis la voix résignée d'Aimé Brichot :

1. Abréviation utilisée par les policiers entre eux pour désigner le quai des Orfèvres.

— OK, comme tu voudras. Mais franchement, pour un flic en vacances, je trouve que tu te démènes un peu beaucoup !

La communication fut coupée par Brichot et Boris remit son portable dans la poche intérieure de son blouson avant de revenir dans la salle.

Juste à temps pour voir une chevelure rousse installée dans le taxi qui démarrait dehors.

Corentin bondit sur le trottoir en jurant entre ses dents. Il devait au moins prendre le numéro s'il voulait retrouver Virginie.

Il arriva dehors au moment précis où ce qui semblait être une Renault 25 tournait le coin de la rue Albert-1er, se dérobant à sa vue.

Furieux, il revint à l'intérieur du bar, sous l'œil goguenard du patron.

— Une de perdue, dix de retrouvées ! claironna celui-ci d'une voix graillonnante.

Corentin, blême, ignora le trait d'humour :

— Le taxi qui vient de l'emmener, elle l'a appelé ?

— Elle a même pas eu cette peine, la petite dame : il s'est arrêté pour savoir si j'avais des cigarettes et elle en a profité pour lui demander de la prendre ;

— Elle est allée où ?

Le patron haussa les épaules, ce qui fit trembloter le stère de gélatine qui lui encombrait le cou :

— C'que j'sais moi ? C'est pas ma femme ni ma poule, cette greluche, hein !

Corentin résista tant bien que mal à l'envie de lui balancer son poing dans la figure.

— Je présume que vous n'avez pas non plus relevé le numéro de la voiture ? gronda-t-il.

— Et pourquoi que j'l'aurais fait, dites ?

Corentin sortit en claquant un peu trop violemment la porte grinçante.

C'était trop bête. Il était sûr que Virginie avait un lien quelconque avec ce qu'il appelait depuis le début « l'énigme Pilar ».

Et elle lui avait filé sous le nez.

CHAPITRE VI

Dans le rétroviseur extérieur droit du taxi, Virginie aperçut la silhouette de Boris surgissant du café, juste au moment où le chauffeur braquait à gauche comme elle le lui avait indiqué.

Elle poussa un soupir de soulagement.

Elle se trouvait stupide de s'être laissé aller à une sorte d'exaltation mystique avec ce parfait inconnu. Ce n'était pas une chose à faire.

Surtout en ce moment. Surtout maintenant que sa décision était prise et que le mécanisme était en marche. Elle ne pouvait plus s'autoriser le moindre faux pas et elle le savait.

Virginie se laissa aller contre le dossier de la banquette et ferma à demi les yeux, tandis que le taxi traversait la Seine en direction de Levallois, chez elle.

Chez elle…

Un pli amer se forma au coin des lèvres de Virginie. L'appartement en duplex où elle vivait, sur le front de Seine, possédait tout le confort possible, c'était vrai. Situé au dernier étage de l'un de ces clapiers de luxe pour cadres moyens et supérieurs voulus par la folie des grandeurs immobilières de l'ancien maire de Levallois, il était lumineux, spacieux, ultra-moderne et bénéficiait d'une vue imprenable et d'une vaste terrasse en plein ciel.

Mais de là à dire que c'était chez elle, il y avait une sacrée marge que Virginie ne parvenait pas à franchir.

C'était chez son mari, ça oui. Elle vivait dans l'appartement de Patrick Descrouelles. C'était à lui. De même qu'ils roulaient dans « sa » voiture, se déplaçaient parmi « ses » meubles, allaient en vacances dans « son » chalet de Megève ou dans « sa » villa de Beaulieu-sur-Mer.

Et, dans le même ordre d'idées, Virginie était « sa » femme. Dont le statut oscillait entre le bibelot de luxe et la bonniche gratuite. Ou plutôt son esclave, car une bonniche, elle, a toujours la possibilité de rendre son tablier.

Virginie ne pouvait pas rendre son tablier. Ou du moins, elle savait qu'elle n'en aurait jamais le courage.

Parce que, si jamais elle divorçait, elle perdrait tout. Patrick avait bien pris soin, neuf ans plus tôt, de l'épouser sous le régime de séparation des biens. Et tout ce qu'il avait acheté depuis : l'appartement, la villa, le chalet, la Mercedes, tout était au nom de madame Descrouelles, sa mère. Résultat, s'ils divorçaient, Virginie se retrouverait dans l'état où elle était quand Patrick avait posé les yeux sur elle.

Dans la misère, ou pas loin.

Virginie régla la course et descendit du taxi, place Georges-Pompidou, à côté des jets d'eau qui faisaient un raffut perpétuel qu'elle ne supportait plus.

Après avoir composé le code d'accès, elle s'engouffra dans le hall de faux marbre et appela l'ascenseur.

La misère, elle ne voulait plus la connaître. Elle avait assez donné durant toute son enfance et son adolescence, coincée entre ses six frères et sœurs, sa mère qui hurlait à longueur de journée et son père, éternel chômeur qui ne disait jamais un mot. Le tout dans le quatre pièces lépreux de Saint-Ouen, au bord de l'avenue Michelet qui filait vers Saint-Denis et où les voitures et les camions passaient pratiquement jour et nuit sans interruption.

Virginie appuya sur le bouton du huitième étage et regarda sans les voir vraiment les portes de l'ascenseur se refermer lentement avec un chuintement presque imperceptible.

Elle ne voulait pas non plus retomber dans ce qu'elle avait connu après s'être enfin évadée du taudis familial. Quand elle y repensait parfois, elle souriait de pitié devant sa naïveté de l'époque.

Ils n'étaient pas nombreux, les gosses de son milieu qui allaient jusqu'au bac avec succès. Elle, elle l'avait fait, malgré des conditions de travail démentielles. Et elle pensait que les portes de l'avenir allaient s'ouvrir toutes grandes devant ce petit rectangle de papier où son nom était inscrit : Virginie Garrichon.

Les seules portes qui s'étaient finalement ouvertes, c'étaient celles du *Bar à bas*, un établissement « à hôtesses » situé entre Pigalle et Montmartre qui l'avait embauchée comme serveuse.

Uniquement comme serveuse. Mais les clients la

confondaient facilement avec l'une des filles qui essayaient de les entraîner vers la salle du fond où, moyennant une bouteille de mauvais champagne et quelques centaines de francs, ils avaient droit à toutes les petites gâteries qui se pratiquent couramment entre un homme et une femme.

Virginie ouvrit la porte de l'appartement et s'y engouffra, sans même répondre au bonjour sec de madame Duval, la voisine revêche qui descendait promener son horrible clébard.

Elle envoya valdinguer ses chaussures au milieu du grand salon et se laissa tomber dans l'immense canapé qui faisait face à la baie vitrée donnant sur le fleuve.

Elle ne comptait plus les mains aux fesses et les propositions lubriques qu'elle avait endurées en cinq ans de bons et loyaux services. Et le pire, le souvenir qui lui brûlait la mémoire, c'est que parfois, quand elle était vraiment prise à la gorge financièrement, il lui était arrivé d'y répondre favorablement, à ces propositions.

Et puis, jeune et brillant directeur d'une agence de pub qui commençait à pas mal marcher, Patrick Descrouelles était arrivé un soir, avec deux clients potentiels. Et il était tombé amoureux d'elle. Virginie l'avait accueilli comme un sauveur, un prince charmant.

Il n'avait pas fallu beaucoup plus de six mois après leur voyage de noces à Venise pour que le prince charmant redevienne ce qu'il était au fond. Un mufle que seules deux choses intéressaient : faire de l'argent et sauter tous les jupons qui passaient à sa portée.

Virginie suivit des yeux la grosse péniche qui remontait la Seine et disparut très vite derrière l'île de la Jatte, escortée par une dizaine de mouettes.

Un étranger. Elle vivait depuis près de neuf ans à côté d'un étranger qui ne perdait jamais une occasion de lui rappeler d'où il l'avait sortie et qui en profitait pour exiger d'elle tout et n'importe quoi.

Virginie ne se révoltait jamais, elle acceptait toutes les humiliations et elle se dégoûtait pour ça.

Elle se leva comme à regret et se dirigea vers la cuisine ultra-moderne pour se préparer un café. Au passage, elle glissa un CD dans la chaîne Bang & Olufsen que son mari avait rapportée de Hong-Kong six mois plus tôt. « Une excellent affaire, avait-il cru bon de préciser. Son propriétaire est au bord de la faillite, il me l'a laissée pour rien. »

Les cordes graves et déchirantes de la *Symphonie des chants de deuil* du compositeur polonais Henryk Gorecki s'élevèrent dans la pièce.

Virginie arrivait dans la cuisine quand le cliquetis du verrou la fit sursauter. Un bref instant, elle se dit qu'elle allait se trouver nez à nez avec un cambrioleur et son cœur s'emballa.

Au milieu de l'entrée, elle fit une rencontre encore plus désagréable, en un sens, puisque l'homme qui venait d'entrer n'était autre que son mari qui, en principe n'aurait dû revenir de New York que le lendemain. Il était accompagné d'une jeune femme brune, à l'élégance stricte et au regard dur, que Virginie ne connaissait pas.

— On a réussi à boucler le dossier en deux jours finalement, dit Patrick Descrouelles de sa voix un peu trop nasale. Je ne te raconte pas comment j'ai fourré en beauté ces connards d'Amerlocks ! Un vrai velours...

Toujours cette vulgarité naturelle à laquelle Virginie n'avait jamais pu tout à fait s'habituer. Elle contempla son mari et, au prix d'un violent effort, réussit à lui sourire faiblement.

Avec ses cheveux blonds soigneusement dépeignés, son teint hâlé aux UV, sa mâchoire carrée, ses yeux bleu azur et sa fine moustache dorée, il avait tout du playboy de plage. Le genre qui emballe tout ce qu'il veut dans les discothèques de Mimizan ou de la Grande-Motte. D'ailleurs, il ne s'en privait pas. Il ne lui manquait que la chaîne autour du cou et la chevalière en or à l'annulaire droit.

Un rapide coup d'œil suffit à Virginie pour constater que Patrick avait retiré son alliance et elle ne put réprimer une petite moue méprisante.

Elle était fixée sur les intentions de son mari concernant la brune, immobile derrière lui, qui n'avait même pas pris la peine de dire bonjour.

— C'est un vrai coup de bol ce retour anticipé, était en train de dire Patrick Descrouelles.

Il se tourna à demi et désigna la femme brune dont le visage ne trahissait pas le moindre sentiment :

— Sans ça, je n'aurais pas rencontré Adeline dans l'avion. Adeline Jardineau, tu vas l'adorer, j'en suis sûr. Figure-toi, ma chérie, qu'elle travaille chez cet imbécile de Métivier, mon principal concurrent sur la place de Paris ! Je crois bien que je vais la débaucher...

« Ça, mon salaud, je pense que c'est effectivement

ton intention, songea Virginie avec amertume. Tu as même déjà dû commencer. »

— Bon, c'est pas tout ça, claironna Descrouelles en prenant Adeline Jardineau par les épaules, on ne va quand même pas rester plantés dans l'entrée comme trois andouilles ! Allez, direction le living...

Virginie n'avait jamais réussi à lui faire dire « salon », comme tout le monde. Patrick trouvait que « living » faisait plus classe...

Il s'arrêta sur le seuil et se tourna vers sa femme, sourcils froncés :

— Qu'est-ce que c'est encore que cette musique de merde ? C'est sinistre, ton truc ! Mets-nous donc quelque chose de plus gai. Ou de plus langoureux, histoire de créer l'ambiance. Tiens, Madonna, ça sera parfait. Ou Diana Ross, je te laisse le choix. Mais ça, franchement...

Il se laissa choir dans le canapé et, du plat de la main, tapota la place vide à côté de lui, pour inciter Adeline à s'y asseoir. Ce qu'elle fit, après un rapide coup d'œil en direction de Virginie, plantée debout devant eux.

Comme le canapé était bas et profond, la jupe de son tailleur grège remonta très haut sur ses cuisses, laissant entrevoir une jarretelle et une bande de peau blanche au-dessus. Elle ne fit rien pour la redescendre. Pas plus qu'elle ne parut s'apercevoir que sa veste, sous laquelle elle ne portait qu'un soutien-gorge noir, s'était largement échancrée.

— Eh bien, ma chérie, s'exclama Descrouelles avec une gaîté forcée, tu ne vas quand même pas passer la journée scotchée là, sur la moquette, si ?

Sers-nous plutôt quelque chose à boire. Tiens, allez, scotch pour tout le monde ! Et pas l'ordinaire, hein ? Donne-nous du Macallan...

Il se pencha vers Adeline et lui dit avec un petit clin d'œil :

— Deux cent cinquante balles la bouteille, mais vous allez voir, il vaut le détour !

Virginie s'accroupit devant le bar en acajou, sortit trois verre et la bouteille de whisky, aux trois quarts pleine. Elle n'avait aucune envie d'alcool, mais elle savait que si elle ne faisait pas au moins semblant de boire, elle aurait droit à une scène.

Elle tournait le dos au salon. Avant de se retourner, Virginie se dit qu'il était encore temps. Qu'elle pouvait quitter l'appartement en claquant la porte. Ou mettre cette fille dehors *manu militari*. Ou gifler son salaud de mari à toute volée.

Mais elle savait bien qu'elle ne ferait rien de tout ça. Qu'elle ne ferait que ce que Patrick voudrait. Il suffisait juste qu'elle prenne patience. Un tout petit peu de patience. Ce serait trop bête de craquer maintenant.

Virginie se retourna. Et bien qu'elle s'y attendît, la scène qu'elle découvrit lui causa un choc douloureux dans la région du cœur.

Son mari était à moitié vautré sur Adeline et l'embrassait goulûment dans le cou, tandis que sa main droite fourrageait dans l'échancrure de son tailleur et malaxait un sein. Mais le plus dur à supporter, pour Virginie, c'était le regard qu'Adeline posait sur elle. Un regard assuré, tranquille, même pas de défi.

Non, juste le regard d'une femme qui sait, parce qu'on le lui a déjà expliqué, que celle qui est là, en face d'elle, en train de la regarder se faire peloter par un homme dont elle est l'épouse, n'a aucune importance. Qu'on se fiche complètement de ce qu'elle peut penser ou ressentir.

Patrick Descrouelles se redressa et fusilla sa femme du regard :

— Et alors, ce whisky ? C'est pour aujourd'hui ou pour demain ?

Mécaniquement, Virginie posa les trois verres en cristal taillé de Bohème sur la table basse en onyx et les remplit au tiers. Quand elle releva la tête, son mari avait défait les deux boutons du tailleur d'Adeline et lui pétrissait la poitrine sans douceur. Ce que la partenaire semblait apprécier.

Descrouelles leva les yeux vers Virginie avec un sourire mielleux :

— Au jugé, comme ça, j'ai l'impression qu'elle a encore de plus gros nichons que toi, qu'est-ce que t'en dis ?

Virginie ne put s'empêcher de jeter un coup d'œil sur les deux globes de chair blanche, presque laiteuse. Elle eut l'impression qu'ils devaient être à la fois fermes et très doux sous la caresse, mais elle ne répondit rien.

— Alors ? insista Descrouelles, un mauvais sourire aux lèvres. Ton avis ?

— Le mieux serait peut-être de comparer, murmura Adeline, les yeux plongés dans ceux de Virginie, en se cambrant pour défaire l'attache dorsale de son soutien-gorge.

— Ah mais c'est que c'est une sacrée bonne idée ça ! s'exclama Descrouelles. Allez, à poil, ma chérie. En place pour le concours de nichons !

Virginie se sentit blêmir et serra involontairement les poings. Elle ne devait pas exploser. Plus maintenant. La machine était en marche. il suffisait d'être patiente. Encore un tout petit peu de patience...

Avec des mouvements brusques, elle fit passer son pull par dessus sa tête et le laissa tomber sur l'épaisse moquette gris clair. Ses seins volumineux aux larges aréoles rouge sombre oscillèrent lourdement avant de reprendre leur place initiale, pointes dressées en l'air.

— Pas mal, apprécia Adeline en caressant machinalement sa propre poitrine et en écartant légèrement les cuisses. Mais tu as raison, Patrick : les miens sont plus gros.

— Voilà une bonne chose de réglée ! fit Descrouelles en reposant son verre après l'avoir vidé d'une traite. Eh bien, ma chérie, tu ne vas quand même pas t'arrêter en si bon chemin...

Et, d'une voix plus dure, presque sifflante, il ordonna :

— J'ai dit : à poil ! Et vite !

Le regard dans le vague, Virginie se débarrassa de son pantalon fuseau.

Puis, après avoir plongé ses yeux dans ceux d'Adeline, elle fit lentement glisser sa petite culotte blanche le long de ses cuisses fines, dévoilant le buisson ardent de son intimité.

— Une vraie rousse, apprécia Adeline en passant sa langue sur ses lèvres déjà humides. Tu es un sacré veinard, Patrick : il paraît que les rousses sont des affaires, au lit.

Descrouelles fit la grimace :

— Alors, je dois être tombé sur la seule qui se débrouille comme un manche ! C'est tout moi, ça...

Il s'interrompit pour suivre le manège d'Adeline. Elle s'était levée et faisait lentement descendre la fermeture Éclair latérale de sa jupe, en souriant à demi à Virginie qui ne pouvait pas s'empêcher de la regarder faire.

Quand le vêtement tomba sur la moquette, elle s'aperçut qu'Adeline ne portait rien d'autre que ses bas.

Virginie écarquilla les yeux de surprise. Jamais elle n'avait vu un ventre de femme aussi fourni. Sa toison aile de corbeau était incroyablement drue et remontait presque jusqu'au nombril.

— Putain, quel cul ! s'exclama Descrouelles en plongeant ses doigts dans le profond sillon de la croupe d'Adeline qui se cambra complaisamment, sans quitter Virginie du regard.

Elle le laissa faire une minute, puis écarta sa main. Elle se rassit sur le canapé et ouvrit largement les cuisses, avant de tourner la tête vers Descrouelles, de plus en plus congestionné :

— Tu sais ce qui serait bien ?

— Dis voir...

— Que ta femme me broute un peu le minou, histoire de me mettre bien en condition avant que tu me baises.

— Génial ! rugit Descrouelles. Rien de tel pour créer des liens entre gonzesses qu'une bonne petite partie de croque-chaton ! Allez Virginie, au boulot, ma chérie…

Virginie crut qu'elle allait se mettre à pleurer d'humiliation. Pas à cause de la manière dont son mari venait de lui parler. Non, ce qui la rendait malade de honte et de dégoût, c'est qu'elle venait de prendre conscience de la boule de chaleur qui se formait au creux de ses reins.

Elle avait envie d'obéir à l'ordre qu'on venait de lui donner. Son abaissement même l'excitait.

Elle se laissait tomber à genoux entre les cuisses largement ouvertes d'Adeline.

Avant de plonger son visage dans la forêt profonde et humide qui s'offrait à elle, Virginie eut le temps de voir qu'Adeline avait sorti le sexe de Patrick de son pantalon et qu'elle le caressait avec des gestes fébriles de désir.

Ce membre fier et dur qu'elle connaissait pourtant par cœur depuis si longtemps lui parut encore plus gros, plus impressionnant que d'habitude.

« Dépêche-toi de t'en servir, de ta belle queue, mon chéri, pensa-t-elle. Jouis-en bien pendant qu'il est encore temps. Mais fais vite… »

CHAPITRE VII

— Arrêtez-vous là, ce sera parfait.

Le chauffeur du taxi, un grand Black coiffé d'un bonnet de laine aux couleurs des rastas de la Jamaïque, pila et Boris Corentin fut projeté brutalement en avant.

— Eh, oh ! doucement ! protesta-t-il.

— Excuse, patron, dit l'autre qui semblait s'en foutre royalement.

Le compteur indiquait quatre-vingt-douze francs. Corentin lui tendit un billet de cent et le pria de garder la monnaie. Pas la peine de demander une fiche : il était en vacances et n'avait donc pas droit aux notes de frais.

Il sortit de la voiture en soupirant. Parfois, il avait tendance à se demander s'il n'en faisait pas un peu trop pour son pays. Mais il était comme ça et n'avait pas l'intention de changer à son âge. Proposer une énigme à la sagacité de l'inspecteur divisionnaire Boris Corentin et penser qu'il allait la refiler aux collègues sous un prétexte ou un autre, serait revenu à agiter un chiffon rouge sous le mufle d'un taureau de combat en espérant qu'il allait continuer à brouter tranquillement.

Il leva les yeux et contempla la façade du superbe immeuble hausmannien du boulevard Malesherbes. Au quatrième étage se trouvait l'appartement de feu Hervé de Kérivec et de Pilar, son épouse volage.

Volage et volatilisée.

Après avoir vu Virginie lui filer sous le nez, Corentin avait décidé de venir ici, sans trop savoir ce qu'il espérait y trouver. Sans doute rien, d'ailleurs : il avait essayé à trois ou quatre reprises de téléphoner et, à chaque fois, personne n'avait décroché.

Mais il avait un besoin pressant d'agir. De tenter quelque chose pour sortir du pot au noir dans lequel il avait la sensation de s'enliser.

Il eut la chance qu'une vieille dame sortît de l'immeuble au moment où il arrivait à la porte : à cause du code d'accès, il aurait été refait. Elle le regarda entrer avec un œil soupçonneux, mais Boris lui fit son sourire le plus charmeur et elle s'en alla en direction de la place du Nicaragua, rassurée.

Dans le hall, Corentin délaissa l'antique et minuscule ascenseur au profit de l'escalier recouvert d'un tapis rouge et or qu'il grimpa quatre à quatre. Sur le palier du deuxième, une appétissante odeur d'oignons frits et de poivrons grillés filtrait de dessous l'une des deux portes en bois massif et Boris s'aperçut qu'il mourait de faim.

Il parvint au quatrième, pas du tout essoufflé. Une preuve de plus de l'utilité de l'entraînement auquel Corentin continuait de s'astreindre, deux fois par semaine, à la salle des arts martiaux de l'ASPP, rue Geoffroy-Saint-Hilaire. Sans parler des séances de footing au bois de Vincennes.

La sonnette, à l'intérieur de l'unique appartement de l'étage, avait un timbre aigre et hostile. Boris la pressa trois fois, en attendant plus de dix secondes entre chaque coup. Il allait renoncer quand il perçut un glissement feutré, de l'autre côté de la porte blindée.

Elle s'ouvrit sans un grincement et Boris reçut le choc de deux grands yeux verts qui le dévisageaient avec intérêt. Le reste était à l'avenant : une bouche rouge cerise, des cheveux blond vénitien qui cascadaient sur les épaules. Une poitrine assez ferme et volumineuse pour tendre le petit tablier blanc bordé de dentelle et des jambes interminables... mais quand même terminées, par une croupe qui paraissait rebondie comme une pomme golden.

L'ensemble devait mesurer un bon mètre soixante-dix et était incontestablement féminin et souriant.

— Vous désirez ?

Boris faillit répondre : « vous », mais il jugea la manœuvre peut-être un peu prématurée.

— J'aurais souhaité présenter mes condoléances à Mme Pilar de Kérivec.

La fille secoua la tête, faisant voler les boucles blondes de ses cheveux :

— Impossible. Elle n'est pas là, fit-elle en s'effaçant pour le laisser entrer. Venez, on se les gèle dans ce couloir.

La porte se referma derrière Boris avec un claquement métallique sec. Il sourit à la blonde :

— Est-ce qu'il est permis de vous demander qui vous êtes ?

Elle le dévisagea une seconde sans répondre, puis éclata de rire :

— Vous alors, vous êtes gonflé ! Ça serait plutôt à moi de vous demander ça, non ?

Boris convint qu'elle avait raison et, en guise de réponse, lui exhiba sa plaque d'inspecteur divisionnaire. Ce qui n'eut pas l'air de l'impressionner du tout.

— OK, ça va, dit-elle avec son accent un peu traînant et gouailleur de faubourienne. Moi, je suis la bonne. L'employée de maison, comme on dit maintenant.

Et de nouveau, elle éclata de rire. Une bonne nature.

— Je m'appelle Gwendoline, précisa-t-elle. Mais tout le monde dit Gwendo.

— Bretonne ? demanda Corentin.

— De Douarnenez.

— Et moi d'Audierne.

Gwendoline ouvrit de grands yeux ébahis :

— Ça alors ! Vous êtes vraiment d'Audierne ?

— Parfaitement, fit Boris, amusé. Ma mère habite toujours dans ma maison natale. D'ailleurs, je devrais y être en ce moment…

Sans façon, Gwendoline le prit par la main et l'entraîna au salon, une pièce immense et très peu meublée, dont les trois grandes fenêtres donnaient sur le boulevard. Elle se laissa tomber dans le canapé de velours bronze et fit signe à Corentin de s'asseoir à côté d'elle.

— Et tu t'appelles comment ? demanda-t-elle passant brusquement au tutoiement, enhardie sans doute par la révélation de leur commune origine.

— Boris.

— Pas très breton, ça.

Boris lui passa la main dans les cheveux et elle ne manifesta aucune velléité de le repousser :

— C'est vrai. Mais ton accent non plus, il n'est pas très breton.

— C'est à force de vivre ici. Ça fait plus de six ans que je traîne mes guêtres à Paris.

Elle posa sa main très haut sur la cuisse de Boris et plongea ses yeux verts dans les siens :

— En tout cas, Boris ou pas Boris, je te trouve vachement excitant. Ça te dirait pas qu'on tire un petit coup, tous les deux ?

Elle avait dit ça avec un naturel confondant. Comme si elle avait proposé une balade à la campagne ou une partie de lèche-vitrines.

— Pas tout de suite, répondit Boris sans se démonter. D'abord, il y a deux ou trois petite choses que j'aimerais savoir…

Gwendoline poussa un gros soupir déçu :

— C'est vrai, j'oubliais : flic avant tout, hein ! Allez, vas-y, qu'est-ce que tu veux savoir ?

Boris prit le temps d'allumer une Gitane blonde avant de répondre :

— D'abord pourquoi tu ne réponds jamais quand le téléphone sonne ?

Gwendoline haussa les épaules :

— Parce que j'en ai ras le bol qu'on me présente à moi des condoléances qui ne me sont pas destinées.

Corentin saisit la balle au bond :

— Justement, elle est où, celle à qui les condoléances sont destinées ?

Gwendoline s'était levée pour aller chercher son propre paquet de cigarettes. Elle revint s'asseoir et en profita pour se coller un peu plus contre Boris.

— Figure-toi qu'elle est partie pour l'Uruguay, le jour même où ce pauvre monsieur Hervé s'est tué.

Corentin sursauta. Cela voulait dire que Pilar avait quitté la France le lendemain du soir où elle l'avait entraîné au Père-Lachaise et où elle s'était enfuie de la Conservation. Alors que, de toute évidence, elle semblait savoir que son mari allait mourir.

Est-ce qu'elle avait à se reprocher des choses si graves que ça ? Ou est-ce qu'elle avait peur pour elle-même ? Peur qu'il lui arrive la même chose qu'à son époux ?

Corentin décida de se garder ces questions pour plus tard et revint à Gwendoline qui attendait patiemment :

— Et elle est partie comme ça, sans rien dire de plus ?

— Elle m'a laissé deux mois de gages et un numéro de téléphone où la joindre là-bas.

Corentin bondit sur ses pieds :

— Génial ! Il va suffire de…

— Il va suffire de rien du tout, beau flic de mon cœur ! J'ai essayé de l'appeler, figure-toi. Et je suis tombé sur un disque qui disait, si mes souvenirs d'espagnol sont valables, que le numéro était non attribué.

Corentin se laissa retomber dans le canapé. Ce coup-ci, ça sentait vraiment l'arnaque. Il prit la main de Gwendoline entre les deux siennes :

— Parle-moi d'elle. Parle-moi de Pilar de Kérivec.

Gwendoline haussa les épaules et fit la moue :

— Pas grand-chose à en dire. À part qu'elle était un peu nympho sur les bords, à mon avis.

Boris se retint de dire qu'il s'en était aperçu.

— Elle avait des amants ? demanda-t-il.

— À la tonne ! rigola Gwendoline. Mais ces temps-ci, elle semblait en avoir un particulièrement dans la peau. Elle n'arrêtait pas de parler de lui : Victor par ci, Victor par là...

Boris sentit ses battements de cœur s'accélérer. Encore un Victor dans cette histoire, ça commençait à faire beaucoup. Il serra la main de Gwendoline un peu plus fort :

— Tu le connais ?

— Je l'ai vu une fois. Un super beau gosse, je peux te dire. Arabe, mais beau gosse.

— Ne sois pas raciste ! la sermonna Boris.

— Je ne suis pas raciste, mais il se trouve que j'ai toujours été assez hexagonale dans mes goûts érotiques. C'est comme ça, je constate, c'est tout. Seulement lui, l'avocat, je ne lui aurais pas fait de mal dans un coin sombre.

— Il est avocat ? releva Boris.

— Ouais. À Melun.

— Évidemment, tu ne connais pas son adresse...

Gwendoline eut un petit rire soyeux et frotta sa joue contre l'épaule de Boris, comme une chatte amoureuse :

— Justement, si, je l'ai ! Il y a une quinzaine de jours, madame m'a chargée de lui poster une lettre.

Boris lui prit la tête entre ses mains et l'embrassa au coin des lèvres :

— Tu es super. Donne-la moi vite !

— C'est rue des Moulins-à-Vent, mais je ne me souviens plus du numéro.

— Pas grave, la rassura Boris qui était déjà debout, je trouverai.

Gwendoline se leva à son tour et lui jeta un regard soupçonneux :

— Ne me dis pas que tu as l'intention de partir comme ça ! Et notre petite partie de jambes en l'air, alors ?

Boris l'embrassa de nouveau et lui sourit :

— La prochaine fois, petite fille : j'ai école, là...

— C'est bien ma veine, soupira Gwendoline en regardant la carrure d'athlète s'éloigner vers la porte d'entrée.

Boris Corentin mit pas loin d'une heure pour arriver à Melun par les transports en commun. Il trouva sans trop de difficultés la rue des Moulins-à vent. Heureusement, elle n'était pas très longue et il ne lui serait sans doute pas trop compliqué de trouver l'avocat amant de Pilar. Il commença à remonter la rue en cherchant une plaque.

Il la trouva à la dixième maison, sur le trottoir de droite. Une minuscule bâtisse en meulière sur deux niveaux, très étroite, coincée entre deux immeubles modernes beaucoup plus hauts. Le nom de l'avocat était inscrit en lettres majuscules sur la plaque dorée : R. SAMAD. Un nom qui dit vaguement quelque chose à Boris Corentin sans qu'il parvienne à préciser ses pensées plus que ça.

Il pressa la sonnette de cuivre et, comme il n'entendait aucun son à l'intérieur, il frappa aussi trois coups à la porte de bois dont la peinture blanche commençait à s'écailler dans le haut.

Elle s'ouvrit avec un grincement sinistre et les deux hommes qui se retrouvèrent face à face poussèrent la même exclamation de surprise au même instant.

— Boris !

— Rachid !

Corentin comprit dans la seconde pourquoi le nom de Samad lui disait quelque chose. Il avait déjà eu affaire à lui lors d'une enquête, deux ou trois ans plus tôt[1]. À l'époque, pour payer ses études de droit, Rachid faisait « l'essayeur » de filles pour une maquerelle parisienne. Il testait les nouvelles recrues. Et accessoirement, participait à des partouzes carabinées organisées par quelques notables véreux de la région de Melun.

Dans le milieu de la prostitution, à ce moment-là, il était connu sous le surnom de Nagui, à cause de son étonnante ressemblance avec le célèbre animateur. Il lui ressemblait d'ailleurs toujours autant, sauf que, maintenant qu'il était avocat, il était en costume et cravate.

À la fin d'une affaire qui aurait pu mal tourner pour lui, Rachid avait assuré à Corentin que les « essayages » de filles c'était terminé, qu'il ne savait

1. Voir Brigade Mondaine n° 137, *Les frasques du notaire.*

pas trop comment il allait pouvoir terminer ses études, mais qu'il espérait bien y arriver.

Boris se souvenait parfaitement, maintenant, de ce qu'il lui avait dit : « Moi, tu vois, je n'ai pas besoin d'espérer. Parce que je suis sûr que tu y arriveras ! »

Apparemment, il avait vu juste : Rachid Samad était finalement devenu avocat.

— Eh bien, entre, on ne va pas rester plantés dehors comme deux idiots ! s'exclama Rachid avec un grand sourire.

— On se tutoie toujours ? demanda Corentin, les yeux pétillants de malice. Même si tu es devenu avocat et que je suis resté flic ?

Rachid lui envoya une bourrade à l'épaule :

— Arrête tes conneries, tu veux ? Viens, on va se boire le thé de l'amitié. Dans mon bureau : c'est la seule pièce potable de cette masure.

— Les affaires ne marchent pas fort ? demanda Boris en pénétrant dans une sorte de réduit sombre, encombré de dossiers et de livres de droit sous lesquels le bureau disparaissait presque totalement.

Rachid poussa un gros soupir :

— Tu parles ! C'est le naufrage, oui ! Quand je pense à ce que j'ai trimé pour décrocher ce foutu diplôme. Tout ça pour gagner à peine les trois quarts du Smic au bout du compte. J'aurais mieux fait de continuer à essayer des filles pour la maquerelle de la rue Blomet, si ça se trouve !

Il resta un instant pensif, puis s'ébroua avec un grand sourire :

— Bon, assez chialé sur mon sort ! Si tu me disais

plutôt ce qui t'amène ? Tu as besoin d'un bon avocat ?

Corentin alluma une Gitane blonde et secoua la tête :

— Ce n'est pas vraiment l'avocat que je suis venu voir. Ce serait plutôt l'essayeur de fille, ou plus exactement l'essayeur de femmes mariées. Un certain Victor, si tu vois ce que je veux dire...

Rachid se rembrunit immédiatement et son sourire disparut comme par enchantement.

— Pilar ! souffla-t-il. Je savais bien que je finirais par avoir des ennuis avec cette hystérique... Qu'est-ce qu'elle a fait, au juste ?

— Tu ne lis pas les journaux ? demanda Boris.

— Si, ça m'arrive, pourquoi ?

— Si tu les lisais plus attentivement, tu aurais appris que son mari s'est tué en voiture il y a cinq jours.

Rachid se laissa tomber dans son fauteuil d'avocat fauché. Apparemment, il avait complètement oublié le « thé de l'amitié ».

— Ah, c'est pour ça qu'elle ne me téléphone plus six fois par jour. Je me disais aussi...

Boris repoussa une pile de dossiers rouges et bleus et posa une fesse sur le coin d'un vieux fauteuil défoncé :

— Si tu me racontais tout depuis le début...

Rachid haussa les épaules :

— Pas grand-chose à raconter, en fait. On s'est rencontré au Palais de Justice de Fontainebleau où elle accompagnait une amie. Moi, j'étais là pour assister à la plaidoirie d'un pote. On s'est retrouvé assis l'un près de l'autre dans le public et...

— Et ton charme bien connu a fait le reste ! ironisa gentiment Boris. C'était il y a combien de temps, ce coup de foudre ?

— Arrête de te foutre de ma gueule ! protesta Rachid en se retenant de rire. Un peu moins de quatre mois, je pense. Au début, c'était plutôt agréable. Mais j'ai vite compris à quelle hystéro j'avais affaire. Son truc, imagine-toi, c'était de baiser dans les cimetières…

Corentin s'abstint de lui dire qu'il était déjà au courant de ce détail.

— Et pourquoi t'appelait-elle Victor ? demanda-t-il, tout en se doutant de la réponse.

— À cause de Victor Noir… Tu connais ? Elle était fascinée, obsédée par ce type. Enfin, chacun son fantasme, hein ? Le plus embêtant, c'est que, tout dernièrement, elle s'était mise en tête de se barrer de chez elle et de vivre à plein temps avec moi. Et ça, je peux te dire que ça ne m'emballait pas du tout. J'avais beau lui objecter qu'elle était mariée, que je n'avais pas un rond, elle se contentait de rire en disant que ça n'était pas un problème. J'ai tout essayé pour lui faire changer d'avis, mais… rien à faire.

Corentin écoutait en tirant sur sa Gitane blonde, les yeux dans le vague. Il commençait à avoir une petite idée de la situation.

Si Pilar avait brusquement décidé de vivre avec Rachid, malgré sa pauvreté, elle habituée au luxe, ça pouvait signifier deux choses.

Premièrement qu'elle savait que l'existence de son mari ne serait pas – ou plus – un obstacle.

Deuxièmement qu'elle était sûre d'avoir suffisamment d'argent pour vivre avec Rachid sans se priver.

La conclusion la plus logique était que Pilar de Kérivec avait bel et bien tué, ou fait tuer, son mari.

Seulement voilà, il y avait quand même un gros « petit problème » aux yeux de Corentin qui était bien placé pour savoir qu'entre la logique d'une hypothèse et celle d'une preuve irréfutable, il y avait un pas de géant, souvent très difficile à franchir.

CHAPITRE VIII

Aimé Brichot et Patricia Boulaïa ouvrirent de grands yeux stupéfaits en découvrant l'endroit où Boris Corentin avait décidé de les emmener dîner.

Il avait choisi *La Gare*, le nouveau restaurant branché du Tout-Paris journalistique, situé chaussée de la Muette dans le XVIe arrondissement.

Le bar était installé dans l'une des gares de l'ancienne « Petite ceinture », cette voie de chemin de fer qui faisait le tour de Paris.

Quand au restaurant proprement dit, immense, il était installé directement sur les quais d'attente, en bas des deux monumentaux escaliers de pierre.

— Ça alors, je suis bluffée ! s'exclama Patricia, tandis qu'ils s'installaient à la table ronde que Corentin avait pris soin de réserver, l'endroit étant généralement pris d'assaut, notamment par les journalistes de la maison de la radio, toute proche.

— C'est amusant, comme idée, marmonna Aimé Brichot. Mais est-ce que la carte sera à la hauteur du décor ? Je me méfie de ces endroits trop mode…

Patricia éclata de rire et désigna Brichot à Corentin :

— Il est toujours aussi grognon, votre coéquipier ?

Boris fit la grimace :

— Souvent, je dois dire. Mais ne t'y trompe pas : il a un cœur en or et c'est l'un des trois ou quatre meilleurs flics que je connaisse.

Aimé Brichot rosit sous le compliment et s'absorba dans la contemplation de la carte pour masquer sa gêne.

Patricia fit un grand sourire à Boris :

— En tout cas, c'est gentil de m'avoir invitée à dîner avec vous deux…

— C'est la moindre des choses, répondit Boris en lui rendant son sourire : après tout, tu fais partie de l'équipe d'une certaine…

Il laissa brusquement sa phrase en suspens et éclata de rire :

— Non, mais vous vous rendez compte de ce micmac entre nous trois ?

— Comprends pas, fit Brichot.

— Ecoute, Mémé, c'est quand même hallucinant : je tutoie Patricia qui me vouvoie, pendant que toi, tu la vouvoies et que c'est elle qui te tutoie ! On ne peut pas faire plus embrouillé, non ?

— Le principal, c'est qu'on s'y retrouve, fit Patricia en éclatant de rire. Bon, si on causait un peu, en attendant qu'on vienne prendre notre commande ? On est quand même là pour bosser, si j'ai bien compris…

— Tu as raison, fit Boris en allumant sa Gitane blonde. Commençons par vous : ça s'est passé comment avec Thérèse de Grignancourt, ce matin ?

Ils furent interrompus par le maître d'hôtel qui venait prendre la commande. Corentin et Brichot optèrent pour le carré d'agneau de Pauillac, tandis que Patricia préférait le poulet de Bresse. Le tout arrosé d'une bouteille de cahors pour les deux hommes. À la grande consternation de Brichot, Patricia commanda un Coca light.

— Il n'y a pas grand-chose à dire, déclara finalement Brichot. Officiellement, Pilar de Kérivec n'est jamais venue à l'association et, aux dires de la présidente, elle peut très bien avoir récupéré la carte que tu as ramassée au cimetière n'importe où, puisque, deux ou trois semaines auparavant, une campagne d'information sur « Nos chers disparus » avait été lancée.

— Ce qui est moins explicable, nota Patricia, c'est qu'elle l'ait gardée, cette carte, alors que rien ne pouvait lui laisser supposer qu'elle allait se retrouver veuve.

Boris Corentin trempa ses lèvres dans le vin que le serveur venait de verser dans son verre. Puis, il regarda tour à tour Brichot et Patricia :

— Rien ne pouvait le lui laisser supposer... sauf si on imagine que c'est elle qui a tué son mari

Patricia poussa un cri de triomphe et regarda Aimé Brichot avec un air de défi moqueur :

— C'était pas une idée à moi, ça ? Et qui c'est qui m'a reproché de me croire dans un épisode de *Starsky et Hutch*, hmmm ?

Renfrogné, Aimé Brichot ne lui répondit pas et préféra se tourner vers sa flèche :

— Ça ne tient pas debout, Boris : si elle avait effectivement projeté d'assassiner son mari le lendemain, pourquoi serait-elle allé te raconter toute l'histoire ? C'est idiot...

Corentin vrilla son index sur sa tempe :

— Elle est à moitié hystérique. Et en plus, ce soir-là, elle avait pas mal bu et sniffé. Elle a disjoncté, à mon avis.

Patricia leva le doigt comme si elle était encore à l'école et Boris, d'un signe de tête, lui donna la parole.

— Elle pourrait peut-être même avoir disparu pour cette raison-là, suggéra-t-elle. Je veux dire : quand elle s'est aperçue qu'elle avait déconné, elle a pris la trouille et elle s'est barrée chez elle, en Uruguay, où il n'y a pratiquement aucune chance qu'on puisse aller la chercher. Et en plus, comme elle était absente au moment de l'accident de son mari, ça lui fait un alibi, du même coup.

— C'est exactement ce que je pense, approuva Boris, au grand plaisir de Patricia. En tout cas, je suis persuadé que tout ça tourne autour du Père-Lachaise, de Victor Noir, mais aussi de cette fameuse association, « Nos chers disparus ». Parce qu'il y a une chose que vous ne savez pas encore...

En quelques mots, tandis que le serveur déposait devant eux des assiettes fumantes, Boris raconta aux deux autres sa rencontre fortuite avec Virginie, le matin même, pendant qu'il les attendait sous la porte cochère.

— Évidemment, dit Brichot en attaquant son carré d'agneau, ça commence à faire beaucoup. Dommage qu'elle t'ait filé entre les doigts, cette Virginie.

— Dommage, oui. Mais il fallait absolument que je te téléphone pour ne pas que vous risquiez de tout flanquer par terre.

Patricia but une gorgée de Coca et regarda alternativement les deux hommes :

— C'est sans doute parce que je ne suis qu'une débutante, mais je ne vois absolument pas comment relier tout ça, moi.

Boris sourit et posa sa main sur la sienne. Qu'elle ne retira pas.

— Rien à voir, murmura-t-il. Ni moi ni Mémé ne voyons non plus pour l'instant, rassure-toi.

Il garda un air parfaitement naturel quand il sentit, sous la table, le genou de Patricia s'appuyer contre le sien d'une manière qui ne pouvait pas être fortuite. Il accentua légèrement la pression et le visage de Patricia rosit, tandis qu'elle baissait les yeux vers son assiette.

Visiblement, la petite stagiaire avait envie de changer de coéquipier pour le restant de la nuit...

— À tout hasard, reprit Aimé Brichot, je me suis dit qu'on pouvait toujours, par le biais de notre ambassade, essayer de retrouver Pilar de Kérivec. Après tout, elle est mariée avec un Français qui vient de mourir. Ça justifie qu'on s'intéresse à elle, non ?

— Tu as bien fait, approuva Boris en vidant son verre de cahors. Ils étaient déjà sur le coup, j'imagine ?

— Évidemment. Mais pour l'instant, cette étrange veuve semble s'être volatilisée dans la pampa. Il faut dire qu'apparemment, les flics uruguayens ne font pas preuve d'un zèle extraordinaire dans ce genre de cas...

Corentin eut un petit sourire un peu amer :

— S'ils sont aussi coulants qu'au Mexique dans

ce genre d'affaires, les Urugayens ne vont pas trop se presser pour nous livrer Pilar.

— Ils font quoi, au Mexique ? demanda Patricia.

— Figure-toi que la justice de là-bas est d'une extrême indulgence avec les femmes trompées qui assassinent leur mari volage. Elles n'écopent en général que de peines symboliques et restent très bien considérées par leur entourage. Certaines vont jusqu'à se vanter de leur geste qui devient un sujet de plaisanterie tout à fait anodin ! On appelle ces meurtrières conjugales, si je puis m'exprimer ainsi, des *auto-viudas*, c'est-à-dire des auto-veuves. Ce qui est assez explicite, vous ne trouvez pas ?

Corentin repoussa son assiette vide et se renversa contre le dossier de sa chaise :

— En attendant, moi, vacances ou pas, je sens que demain, je vais faire une petite visite à cette Thérèse de Grignancourt. Plus ça va et plus j'ai l'impression que c'est elle le nœud de l'affaire. Ou du moins, l'association qu'elle préside...

D'un geste de la main, il refusa la carte des desserts que lui tendait le serveur :

— Un café, direct. Et vous m'apporterez l'addition, s'il vous plaît.

Quand elle arriva, Aimé Brichot la lui subtilisa :

— Laisse, c'est pour moi. Déjà tu gâches tes vacances, tu ne vas pas en plus nous régaler.

Quand ils sortirent de *La Gare*, la pluie avait cessé, mais l'asphalte était encore tout luisant sous la lumière crue des réverbères.

— Tu rentres comment ? demanda Boris à son coéquipier.

Brichot haussa les épaules :

— Puisque je suis parti dans les dépenses princières, je crois que je vais m'offrir le taxi, pour une fois.

Corentin se tourna vers Patricia :

— Et toi, tu habites où, au fait ?

— Bastille, répondit-elle sans hésiter.

— Parfait, on va faire taxi commun. À demain, Mémé, on se tient au courant...

Patricia et Boris s'engouffrèrent dans une 605 Peugeot blanche flambant neuve, conduite par un papy à casquette, le mégot éteint au coin de ses lèvres gercées.

— Tu es dans quel coin, à la Bastille ? demanda Boris à Patricia qui s'était carrément collée sur lui.

Sa minijupe de cuir noir remontait très haut sur ses cuisses cuivrées, mais ça ne paraissait pas la déranger beaucoup.

Corentin n'aurait pas pu en jurer, mais il lui semblait bien qu'entre le moment où ils avaient quitté le restaurant et maintenant, elle s'était arrangée pour faire sauter un bouton supplémentaire à son chemisier, découvrant une bonne moitié de son opulente poitrine.

— Je n'habite pas à la Bastille, répondit Patricia très calmement, en posant sa main sur la cuisse de Boris.

— Alors, pourquoi tu as dit ça ? demanda celui-ci, même s'il connaissait la réponse.

Elle eut un petit rire de gamine espiègle et se blottit encore plus contre lui :

— Parce que Mémé, comme tu l'appelles, m'a

appris par hasard que tu vivais rue de Turbigo. Et que j'avais très envie qu'on fasse taxi commun… et plus si affinités !

CHAPITRE IX

Patrick Descrouelles n'en croyait pas ses yeux. Cette blonde frisée, à la bouche pulpeuse, en grand habit de deuil, il l'avait évidemment tout de suite repérée. Pas difficile : elle était rentrée juste après lui au bar panoramique installé au dernier étage de la tour du Palais des Congrès, porte Maillot. Et elle s'était assise juste dans son axe de vision, deux tables plus loin.

Et voilà que Descrouelles avait à peine commencé à siroter son Bloody Mary, qu'elle en était déjà à lui faire des petits sourires, à croiser et décroiser ostensiblement les jambes. Malgré le piano qui jouait en sourdine, il entendait le crissement de ses bas à chaque fois. Et ça lui mettait les nerfs à fleur de peau.

« Mon vieux Patrick, se dit-il sans la quitter des yeux, c'est vraiment ton jour de veine. D'abord cette grande salope d'Adeline dans l'avion et maintenant cette veuve. Une veuve : tu te rends compte de l'aubaine ? Tu ne t'en es encore jamais tapé et voilà que celle-ci s'offre comme sur un plateau. Mais qu'est-ce que tu attends pour l'emballer ? Fonce, mon gaillard, fonce donc ! »

Un sourire avantageux au coin des lèvres, son verre à la main, Patrick Descrouelles alla se planter face à la veuve qui le dévisagea de ses grands yeux bleus très clairs :

— Monsieur ?

— Pardonnez mon audace, mais je me suis dit que peut-être, nous pourrions, un moment, unir nos deux solitudes…

Elle le dévisagea longuement, sans que son visage trahisse le moindre sentiment. Puis, désignant de la main le fauteuil de velours rouge à côté du sien, elle laissa tomber d'une voix douce :

— Je m'appelle Barbara…

Une heure plus tard, Patrick Descrouelles était passé par toutes les phases de ce qu'un homme peut ressentir face à une femme hautement désirable.

Barbara lui avait brièvement raconté sa vie, avant de lui faire comprendre que, malgré son veuvage récent, elle n'était pas ennemie d'une petite aventure de temps en temps.

Puis, soufflant le chaud et le froid, elle avait fait mine de s'effrayer de sa propre audace et de vouloir rentrer chez elle, plongeant Descrouelles dans des bouillonnements de désir frustré.

Mais ce qu'elle était en train de lui exposer maintenant, d'une voix parfaitement calme et maîtresse d'elle-même, dépassait tout ce que Descrouelles avait pu imaginer dans ses fantasmes les plus fous.

— Je dois avouer que vous me plaisez beaucoup, Patrick, était-elle en train d'expliquer. Mais c'est très curieux, vous savez : depuis que j'ai enterré mon pauvre mari, je n'arrive plus à faire l'amour ailleurs que dans les cimetières. Je suppose qu'un psychanalyste pourrait m'expliquer ça, qu'en pensez-vous ?

Patrick Descrouelles avait toujours professé d'un air important que les psy étaient tous des charlatans frustrés qui baratinaient leurs clientes pour essayer de les sauter sur leur divan. Mais il sentait que ce n'était pas le moment de faire état de ses prises de position en la matière.

— Très certainement, dit-il. Il faut reconnaître que c'est assez étrange...

— N'est-ce pas ? reprit Barbara de la même voix tranquille, presque mondaine. Si je ne suis pas allongée ou accroupie sur un tombe au moment où je suis prise, pfuit ! envolé l'orgasme ! C'est terrible...

Elle se pencha vers Descrouelles et son impressionnante poitrine effleura l'alpaga de sa veste :

— Vous avez l'air d'être un galant homme, Patrick. Vous ne voudriez pas me priver d'un orgasme, n'est-ce pas ?

— Certainement pas, bredouilla-t-il, pour une fois dépassé par les événements. Mais je...

— Chut ! ne dites plus rien, murmura Barbara en s'apprêtant à se lever. Si vous avez toujours envie de moi, rejoignez-moi dans une heure au Père-Lachaise, je vous attendrai près de l'entrée qui se trouve rue de la Réunion.

Barbara se leva et, avant de quitter le bar panoramique, se retourna une dernière fois, un sourire débordant de promesses aux lèvres :

— Ne me décevez pas, Patrick...

Resté seul, Descrouelles siffla le reste de son troisième Bloody Mary d'un coup et s'absorba dans la contemplation des lumières de Paris que l'on découvrait par les immenses baies vitrées fumées.

— Une folle ! grommela-t-il entre ses dents. Si elle s'imagine que je vais traverser tout Paris pour sauter une hystéro pareille, elle se fourre le doigt dans l'œil... et ailleurs !

Mais au même instant, une petite voix à l'intérieur de son cerveau lui affirmait qu'il allait effectivement y aller. Avec des gestes d'automate, il déposa trois billets de cent francs sur la table et se dirigea en titubant légèrement vers les ascenseurs.

La rue de la Réunion était déserte et, pendant une seconde ou deux, Patrick Descrouelles se dit que Barbara s'était bien foutue de lui. Elle s'était juste amusée à lui faire traverser toute la ville en voiture pour rien.

Il allait s'en aller, la rage au ventre, quand un coup de vent plus violent que les autres fit gémir la grille d'entrée du Père-Lachaise.

La petite porte n'était pas fermée à clé.

Avec quand même un peu d'appréhension, Descrouelles pénétra à l'intérieur du cimetière silencieux.

Il repéra tout de suite la tache blanche sur le tronc du marronnier le plus proche de lui et il s'en approcha, de plus en plus intrigué.

C'était un plan du Père-Lachaise. L'itinéraire à suivre avait été indiqué au feutre noir. Jusqu'à une croix, à la jonction de deux divisions de l'ouest du cimetière.

Avec un soupir d'agacement, Patrick Descrouelles se mit en marche dans les allées sombres et désertes. Toutes ces simagrées commençaient à lui peser.

Mais d'un autre côté, il y avait la perspective de culbuter cette veuve si bandante dans des conditions extraordinaires. Quand il raconterait ça, demain, à Jacques-Edouard Gouchet, son associé, il en resterait baba, lui qui n'avait jamais baisé ailleurs que dans un lit à deux places.

Le sifflement d'un merle le fit sursauter. Un autre lui répondit un peu plus loin, sur sa droite, quelque part vers le mur des Fédérés.

Patrick Descrouelles était en train de passer de la quarante-troisième à la quarante-cinquième division lorsqu'une ombre surgit juste à sa gauche et il faillit pousser un cri de frayeur.

Malgré la pénombre, il reconnut aussitôt le sourire sensuel de Barbara, « sa » veuve.

Je vous ai fait peur ? murmura-t-elle.

— Pensez-vous ! répondit-il d'une voix dédaigneuse mais qui tremblait imperceptiblement.

Elle lui prit le bras :

— Venez, je vais vous guider. Laissez-vous faire, vous ne le regretterez pas...

Ils marchèrent sans rien dire pendant quelques mètres. Mais Patrick Descrouelles n'avait jamais pu supporter longtemps le silence qui le laissait seul face à lui-même. Et particulièrement dans cet endroit.

— Je pensais que c'était fermé, ici, la nuit, chuchota-t-il en se penchant vers Barbara.

— Pas pour ceux qui ont la clé, répondit-elle sur le même ton. Et surtout qui connaissent les heures de ronde des gardiens.

— Ah, parce qu'il y a des gardiens ? fit Descrouelles, brusquement inquiet.

— Pas pour nous, soyez tranquille. Nous avons largement le temps.

Barbara prit une profonde inspiration et leva les yeux au ciel, les narines palpitant sous la brise :

— C'est un endroit merveilleux, vous ne trouvez pas ? On est hors du monde, hors du temps. Plongé directement dans l'éternité des choses.

— C'est le cas de le dire ! tenta de ricaner Descrouelles.

— Ne vous moquez pas, le sermonna doucement Barbara en s'appuyant un peu plus sur lui. Le Père-Lachaise est vraiment un endroit magique, il y circule des tas de légendes merveilleuses. Comme celle des grands arbres qui poussent sur les tombes et dont on dit qu'ils absorbent les os des morts et les transportent jusqu'à leur sommet. Et c'est comme ça que si vous levez la tête, vous pourrez peut-être apercevoir un tibia ou un crâne jaillissant d'une grosse branche de hêtre ou d'érable.

— Charmant ! grommela Descrouelles, peu sensible par nature à la poésie du fantastique.

— Il y a d'autres légendes plus coquines, si vous préférez, poursuivit Barbara dont le ton s'animait. Celle du chat roux à longue queue par exemple. Lui, on dit qu'il viole les femmes seules, dix minutes avant la fermeture du cimetière. Amusant, non ? Mais il y a aussi les centaines de chats bien réels qui vivent ici. Ils sont nourris en cachette par de vieilles dames du quartier qui « passent » de la viande en fraude, à l'intérieur de leur soutien-gorge. J'en ai déjà vu le faire ! Il paraît qu'à l'automne, il y a même des gens qui viennent ici à la chasse aux escargots : ils prétendent qu'ils sont plus dodus et plus gras que partout ailleurs...

Sous la conduite de Barbara, ils obliquèrent dans une minuscule allée, à gauche, qui redescendait vers le monument aux morts. On n'entendait pratiquement plus aucun des bruits de la ville et Patrick Descrouelles commençait à se sentir un peu mal à l'aise.

Soudain, Barbara s'arrêta.

— Nous sommes arrivés, dit-elle.

Avec stupeur, Descrouelles découvrit qu'ils étaient au pied d'un gigantesque monument funéraire, à peu près de la taille d'une chapelle. C'était un quadrilatère haut d'au moins trois mètres, de style néogothique, et surmonté d'un toit à quatre pentes, chacun étant flanqué de deux tourelles de pierre de forme conique. Au-dessus de la porte, il lut « Famille P... »[1].

Mais ce qui lui parut le plus étrange, presque le plus surnaturel, c'est que non seulement une vague lueur tremblotante semblait émaner des profondeurs du sépulcre, mais qu'en plus il avait la nette impression d'entendre, assourdis et lointains, des accords de piano.

1. On comprendra que, par souci de discrétion, nous taisions le nom de cette famille. Mais en s'appuyant sur notre description, le lecteur curieux... et patient, pourra essayer de découvrir lui-même ce monument bien réel, lors d'une prochaine visite au Père-Lachaise !

Avec un sourire mystérieux, Barbara ouvrit la porte du gigantesque caveau et fit signe à Descrouelles d'entrer avec elle. Hypnotisé, il la suivit sans rien dire.

Quand la porte extérieure fut refermée derrière eux, il comprit pourquoi la lumière lui était apparue très affaiblie. À droite de la crypte où se dressait un autel consacré à la Vierge, un escalier de pierre très étroit descendait en tournant dans les profondeurs de la terre.

Sans un regard pour Descrouelles, Barbara s'y engagea. Il la suivit et, quelques secondes plus tard, déboucha dans une autre crypte, voûtée, au moins deux fois plus vaste que celle de surface.

Elle était éclairée par une dizaine de bougies plantées dans des candélabres d'argent.

Mais ce n'était pas ça le plus stupéfiant.

Deux autre veuves l'attendaient là, elles aussi en grande tenue de deuil.

La première, une grande brune un peu inquiétante, au teint très pâle, presque morbide, était assise dans un petit fauteuil d'osier et l'observait à travers ses paupières mi-closes.

Quant à l'autre, elle était assise devant le piano droit, au fond, et jouait une mélodie très douce dont Descrouelles, béotien de la musique, ignorait tout.

— L'arietta de la sonate opus 111 de Beethoven, dit d'une voix très douce la pianiste, une petite femme blonde, comme si elle répondait à une question muette de Descrouelles. L'ultime mouvement de l'ultime sonate. *Adagio molto semplice et cantabile* : après ça, il n'y a plus que le silence des profondeurs… Quelle chance, n'est-ce pas, que l'un des occupants de ce caveau ait été un pianiste reconnu et que ses héritiers aient jugé bon de l'enterrer près de son instrument. Dommage qu'il n'y ait pas eu assez de place pour un piano de concert…

Descrouelles tourna un visage inquiet vers Barbara, immobile à côté de lui :

— Ça veut dire quoi, ce bin's ? Elles étaient pas prévues au programme, tes copines !

La grande brune se leva de son fauteuil d'osier et s'approcha de lui à pas lents et majestueux. Un sourire énigmatique flottait sur ses lèvres minces. Elle posa sa main sur la poitrine de Descrouelles et laissa ses longs doigts descendre jusqu'à la ceinture de son pantalon.

— De quoi vous plaignez-vous, bel étalon ? murmura-t-elle de sa voix rauque. Grâce au petit stratagème de notre chère Barbara, vous allez avoir trois femmes pour vous seul. Trois malheureuses veuves qui n'en peuvent plus de désir et qui ne cherchent rien d'autre qu'une aventure discrète. Vous seriez capable de refuser ça ?

Patrick Descrouelles se redressa et bomba le torse, un sourire avantageux aux lèvres :

— Alors, si c'est comme ça…

Il avança une main vers le sein gauche de l'inconnue et se mit à le caresser fiévreusement. Sans paraître remarquer la grimace de dégoût qu'elle avait esquissée pendant une fraction de seconde.

La pianiste s'arrêta de jouer et vint rejoindre le trio en train de se former. Aussi doucement qu'elle le put, la brune écarta la main de Descrouelles de sa poitrine et lui désigna Barbara d'un mouvement du menton :

— Je pense que notre chère Barbara doit avoir la primeur de vos talents. Après tout, c'est quand même elle qui vous a déniché. Regardez ce que je vous offre…

Sous les yeux exorbités de Descrouelles, elle se plaça derrière Barbara et entreprit de lui ôter sa robe de deuil. Tout en lui souriant, Barbara se laissa faire complaisamment, tendant ses seins aux caresses de plus en plus appuyées de la femme.

— Oh bon Dieu, c'est pas vrai !

L'exclamation de Descrouelles avait une double origine. D'abord le spectacle que lui offrait une Barbara aux trois quarts nue, écartant les cuisses pour se livrer aux doigts impérieux de la brune.

Et d'autre part, quasi simultanément, la pianiste avait dégrafé son pantalon, extrait son membre rigide des profondeurs et, à genoux devant lui, l'avait englouti entre ses lèvres avides en ronronnant.

La bouche ouverte, les deux mains crispées dans les cheveux de la petite blonde, Descrouelles se demandait où il était. Jamais, dans toute sa carrière de tombeur, il n'avait vécu un moment aussi affolant.

Autour de lui, c'était le silence lourd, épais, absolu, bourdonnant. Le silence de la mort.

Il sentit qu'il n'allait pas pouvoir se retenir très longtemps.

Sa partenaire dut le sentir aussi car, sans s'occuper de son grognement de frustration, elle l'abandonna et, dit simplement :

— Il est prêt.

— Elle est prête, répondit la brune en faisant mettre Barbara à quatre pattes sur la dalle funéraire, croupe tendue vers la virilité qui battait l'air comme un métronome en folie.

Après avoir achevé de le déshabiller, l'ex-pianiste prit Descrouelles par la main et l'amena jusqu'à Barbara, rigoureusement immobile. Elle le fit mettre à genoux. Puis, saisissant à deux mains les deux globes charnus et fermes de la croupe offerte, elle les écarta autant qu'elle put.

— Baise-la, dit-elle d'un ton tranquille.

Avec un grognement de porc en rut, Descrouelles empoigna Barbara par les hanches et se rua en elle de toute sa puissance. Barbara poussa un long feulement de bien-être en se sentant totalement investie au plus brûlant d'elle-même.

C'était la vie qui l'envahissait avec une affolante brutalité. La vie sauvage et primitive, dans ce lieu entièrement voué à la mort.

Dans un demi-brouillard, Descrouelles vit les deux autres veuves s'enlacer, leur bouche se souder et leurs mains disparaître sous leurs robes noires.

Les sangs fouettés par cette vision d'un érotisme absolu, il accéléra ses coups de reins.

Il jouit en éructant, déclenchant l'orgasme de Barbara qui agitait frénétiquement la tête de droite et de gauche en poussant des petits cris suraigus qui s'achevèrent en une longue plainte de bonheur.

Fauché, vidé, Descrouelles se releva en titubant et alla se laisser choir sur le fauteuil d'osier qu'occupait la grande femme brune quand il avait pénétré dans la crypte.

Quand il reprit ses esprits, les trois veuves faisaient

cercle autour de lui. Toujours nue, Barbara lui tendit la coupe de champagne qu'elle tenait à la main :

— Tiens, rafraîchis-toi, tu l'as amplement mérité. J'ai joui comme une folle, tu sais.

Descrouelles se rengorgea et vida la coupe d'un trait. L'alcool lui fit du bien. Au bout de quelques secondes, il se sentait de nouveau d'attaque. Ce qui le surpris un peu quand même. Il eut un petit sourire faraud :

— Bon, c'est à qui le tour, mesdames ? Laquelle veut être royalement baisée ?

Il ne prit pas garde au sourire glacial de l'inconnue brune quand elle lui répondit :

— Nous avons une petite surprise pour vous. J'espère que vous allez apprécier…

— J'adore les surprises, assura Descrouelles d'une voix brusquement pâteuse.

Au même moment, il fut stupéfait de constater que son sexe était en train de gonfler, de durcir, de s'allonger à une vitesse prodigieuse, sans qu'il ne ressente la moindre excitation, à l'intérieur de sa tête.

La pianiste s'était remise au piano et, de nouveau, la mélodie aérienne de l'arietta de l'opus 111 s'éleva dans la crypte.

Soudain, un bruit de pas retentit dans l'escalier de pierre.

Au milieu des brumes qui commençaient d'envahir son cerveau, Patrick Descrouelles comprit que quelque chose n'allait pas quand il identifia la quatrième femme qui arrivait.

C'était Virginie.

Sa femme.

Mais qu'est-ce qu'elle faisait ici, dans ce caveau ? Qui l'avait amenée là ? Et pourquoi portait-elle cette étrange cape noire qui la couvrait presque jusqu'aux pieds ?

Descrouelles voulut poser une question, mais sa langue refusa de bouger dans sa bouche transformée en carton pâte. Il essaya de se lever, mais ses jambes lui refusaient désormais tout service.

Il n'y avait plus que son sexe.

Cette monstrueuse tige de chair dure qui jaillissait douloureusement de son ventre semblait être la seule chose de vivante dans tout son corps.

Comme au travers d'un épais brouillard vaguement bleuté, il vit l'une des veuves tendre à Virginie un gros rasoir de coiffeur, à manche en ivoire.

Il vit sa femme s'avancer vers lui et le fixer avec des yeux brillants de haine.

Il sentit vaguement qu'elle saisissait son sexe entre ses doigts.

Puis, il y eut un contact dur et froid, juste à la base de son membre.

Son esprit continuait de fonctionner, malgré la totale apathie de son corps. « Cette salope va me couper la bite », songea-t-il.

Mais bizarrement, cette perspective ne lui fit ni chaud ni froid.

Quand il vit le geyser de sang jaillir quasiment à la verticale avant de lui inonder le ventre et les cuisses, Patrick Descrouelles eut le temps de se dire que Virginie allait être terriblement déçue : ça ne faisait même pas mal.

Et juste après, il mourut.

Quand elle vit la tête de son mari retomber mollement sur le côté droit, Virginie Descrouelles contempla alternativement le rasoir rougi qu'elle tenait dans la main droite et le morceau de chair sanguinolente et encore dure dans la gauche.

Puis, elle se laissa glisser sur la dalle funéraire et éclata en sanglots.

— Excusez-moi, Thérèse, balbutia-t-elle. Mais je ne…

— Allons, remettez-vous, dit Thérèse de Grignancourt d'une voix dure, au-dessus d'elle, tandis que Caroline égrenait les ultimes notes de la trente-deuxième sonate de Beethoven. Vous avez à juste titre fait appel au clan des veuves pour débarrasser le monde de l'un de ces ignobles mâles. C'est désormais chose faite. Dites-vous que votre bras a été celui de la justice divine, rien d'autre. Allez, relève-toi, malheureuse victime enfin libérée du joug !

Machinalement, Virginie obéit. Elle regarda d'un air hébété ses mains pleines de sang, puis releva les yeux vers Thérèse de Grignancourt, Caroline Pernet et Barbara Salieri :

— Vous êtes des monstres ! souffla-t-elle d'une voix blanche.

— C'est possible, ma petite, répondit tranquillement Thérèse. Dans ce cas, bienvenue au club très fermé des femmes qui ont eu assez de cran pour supprimer leur mari avant d'être détruite par lui. Ce qui est notre cas à toutes les quatre, désormais.

CHAPITRE X

Aimé Brichot bondit sur ses pieds en voyant la porte des Affaires Recommandées s'ouvrir sur le visage encore endormi de Patricia Boulaïa :

— Ah tout de même ! Ça fait deux fois que Baba nous réclame à cor et à cri !

— Eh oh, doucement ! grommela Patricia d'une voix ensommeillée, il est à peine huit heures et quart !

— Tu expliqueras ta conception des horaires syndicaux directement au patron. Allez, on fonce !

Malgré l'heure matinale, le bureau de Charlie Badolini était déjà saturé de fumée de cigarettes et Patricia fit une grimace de dégoût.

— Ah, content de vous voir, tous les deux ! claironna le commissaire divisionnaire. Asseyez-vous, j'ai une affaire délicate pour vous. Vous avez entendu parler de Patrick Descrouelles ?

Brichot et Patricia se consultèrent du regard avant de hocher la tête négativement.

— C'est le patron d'une importante agence de publicité sur la place de Paris, les renseigna Badolini. Ou plutôt : il était. Il a été retrouvé mort il y a à peine une demi-heure.

— Dans des circonstance bizarres, je suppose ? intervint Brichot en finissant d'essuyer ses lunettes avec la petite peau de chamois qui ne le quittait jamais.

— Disons... folkloriques, rétorqua Badolini. On lui a tranché le sexe à la base avant de l'abandonner sur la tombe de Victor Noir, au beau milieu du Père-Lachaise !

Brichot et Patricia n'eurent même pas besoin de se regarder pour savoir qu'ils pensaient la même chose.

Encore le Père-Lachaise.

Encore ce satané Victor Noir.

— Foncez là-bas tout de suite, reprit Badolini : vos collègues du Ciat[1] du XXe arrondissement y sont, le médecin légiste et le substitut du procureur devraient arriver sur place d'une minute à l'autre.

Grâce à la voiture de service, Brichot et Patricia mirent moins de dix minutes pour aller, toute sirène hurlante, du quai des Orfèvres au Père-Lachaise. À l'entrée principale, boulevard de Ménilmontant, une fliquette en uniforme leur indiqua l'allée à emprunter et leur remit un plan du cimetière à tout hasard.

— Tu crois qu'il sera déjà là ? demanda Patricia tandis qu'ils arrivaient en vue de la tombe de Victor Noir, facilement repérable en raison de l'attroupement autour.

— M'étonnerait, répondit Brichot en serrant le frein à main de la voiture. Ça fait juste...

1. Abréviation utilisée par les policiers pour commissariat.

Juste avant de quitter les locaux de la Brigade Mondaine, Brichot avait cru bon de passer un coup de fil à Boris Corentin pour l'avertir de ce qui se passait.

Ils franchirent le périmètre de sécurité, à peu près inutile à cette heure-ci puisque le cimetière n'était pas encore ouvert au public.

En découvrant le corps, Aimé Brichot eut un haut-le-cœur qu'il réprima tant bien que mal.

— Bordel, c'est pas vrai ! murmura Patricia, blême.

Patrick Descrouelles était étendu sur le dos, entièrement nu. Le bas de son ventre n'était plus qu'une bouillie noirâtre et croûteuse.

À l'aide de son propre sang, on lui avait dessiné une croix latine inversée sur le front[1].

Mais le détail le plus horrible était la feuille de papier qu'on lui avait fixée à même le ventre à l'aide d'un gros clou.

Il y avait une inscription dessus et, malgré leur répugnance, Brichot et Patricia s'avancèrent pour la lire.

Sans prendre garde à la présence de Boris Corentin qui s'approchait d'eux par derrière et qui lut en même temps qu'eux, par dessus l'épaule de Patricia :

Car leur puissance est dans leur bouche
et dans leur queue, parce que leurs queues
ressemblent à des serpents et qu'elles ont
des têtes dont elles blessent.

---

1. La croix latine inversée est l'un des symboles chers aux sectes sataniques.

— Apocalypse de saint Jean, dirent en même temps Corentin et Patricia.

— Ah, tu étais là, fit Brichot, soulagé de reconnaître sa flèche.

Puis, il se tourna vers Patricia :

— Comment ça se fait que vous connaissiez aussi bien l'Apocalypse ?

Les sourcils noirs de Patricia se foncèrent :

— Qu'est-ce que tu crois ? Qu'on n'a pas le droit de lire la Bible sous prétexte qu'on est beur ?

Elle prit Corentin et Brichot chacun par un bras et les entraîna un peu plus loin, tandis que les enquêteurs de la Brigade criminelle continuaient de fouiller aux alentours de la tombe à la recherche d'un quelconque indice.

— Il faut que je vous dise un truc qui me revient à l'instant, leur dit-elle.

Elle se tourna vers Brichot :

— Mémé, tu te souviens, hier, pendant qu'on était avec Thérèse de Grignancourt. À un moment, elle a dit, à propos des femmes qui venaient lui demander de l'aide : « *je sais que je ne pourrai pas les empêcher de se briser comme des vases d'argiles.* »

— Euh… oui, c'est possible, et alors ? Je ne vois pas ce que ça peut…

— C'est aussi une citation de l'Apocalypse, expliqua doucement Corentin en adressant à Patricia un clin d'œil admiratif qui la fit rougir de plaisir.

Ils furent interrompus par un policier en uniforme qui les salua et, s'adressant à Corentin, lui tendit un rectangle de cuir fauve, à l'intérieur d'un sac en plastique :

— Monsieur, on vient de retrouver les vêtements du mort, un peu plus loin. Voilà son portefeuille. Si vous voulez y jeter un coup d'œil.

Ayant complètement oublié qu'il était censé être en vacances, Boris le prit, non sans avoir enfiler les gants de chirurgien que lui tendait le policier.

— Apparemment, on ne lui a rien volé, dit-il après en avoir extrait trois billets de cinq cents et une carte American Express Gold. Tiens, qu'est-ce que c'est que ça ?

Il brandit une photo noir et blanc qui représentait Patrick Descrouelles avec trois autres hommes souriants et se tenant les uns les autres par les épaules. Mais c'est la silhouette à l'arrière-plan qui avait attiré l'attention de Corentin.

Une silhouette de femme qu'il avait l'impression d'avoir déjà rencontrée. Mais elle était trop floue et trop petite. Il la glissa dans sa poche discrètement et rendit le portefeuille au policier qui s'éloigna.

— C'est encore un de ces foutus crimes satanistes, n'est-cc pas ? La chose semble évidente.

Corentin, Brichot et Patricia se retournèrent en même temps. Pour tomber nez à nez avec le substitut Gendreau, manifestement responsable de l'enquête. C'était un homme d'une quarantaine d'années, au physique avantageux, qui passait, à tort ou à raison, pour préférer nettement la conversation des jolies femmes aux enquêtes sur le terrain.

Boris Corentin eut une moue dubitative :

— Ça y ressemble, monsieur le Substitut, ça y ressemble... Ça y ressemble même trop.

Gendreau sursauta :

— Qu'est-ce que vous voulez dire, Corentin ? Que ce serait une mise en scène destinée à nous aiguiller sur une voie de garage ? Vous avez une autre idée à me proposer ?

— Pas pour l'instant, monsieur le Substitut. Il faut que les choses mûrissent.

— Très bien, très bien, fit le magistrat, visiblement pressé de s'en aller. Vous me tenez au courant, n'est-ce pas, mon cher Corentin ?

— Certainement, monsieur le Substitut.

Quand il se fut éloigné, Patricia dévisagea Boris d'un regard à la fois très tendre et un peu moqueur :

— « Oui, monsieur le Substitut, mais certainement monsieur le Substitut... » Tu ne serais pas un peu lèche-bottes à tes heures ?

Aimé Brichot nota *in petto* que Patricia, depuis la veille au soir, était passé au tutoiement avec sa flèche. Et il n'eut aucune peine à en imaginer la raison.

— Mademoiselle Boulaïa, répondit Boris d'un ton faussement sévère, sachez que si on veut pouvoir travailler avec un maximum de liberté et de tranquillité, il vaut beaucoup mieux les avoir avec soi que contre soi, tous ces procureurs et leur ribambelle de substituts.

— OK, je retiendrai la leçon. Bon, on fait quoi, maintenant ?

— On rentre au bureau, répondit Boris.

Pendant qu'ils se dirigeaient vers la voiture de service, aucun des trois policiers ne fit attention à la jeune femme aux traits durs et aux cheveux blond cendré, presque ras, qui les suivait des yeux, à moitié dissimulée derrière un monument funéraire, un mauvais rictus au coin des lèvres.

Ils mirent le double de temps à rejoindre le quai des Orfèvres, Aimé Brichot, en policier scrupuleusement intègre, se refusant à actionner la sirène quand ce n'était pas absolument justifié.

Arrivé dans le bureau des Affaires Recommandées, Corentin ressortit la photo de sa poche et l'examina à l'aide de la loupe qu'il venait de sortir de son tiroir.

Pas de doute, ce sourire, ce visage : il avait déjà vu cette femme-là quelque part. Mais où ? Et quand ?

— Tu penses vraiment qu'il s'agit d'une mise en scène pour tromper les flics que nous sommes ? lui demanda Patricia en posant ses fesses rebondies sur le coin de son bureau.

— J'en ai vraiment l'impression, répondit Boris en relevant le nez de sa photo. Pas toi, Mémé ?

— Si, pareil que toi.

— Et la petite stagiaire ignorante que je suis peut savoir sur quoi vous vous basez ?

— Pas dur, fit Boris en s'efforçant de ne pas trop loucher sur le triangle de coton blanc qu'il apercevait entre les cuisses de Patricia. Je ne sais pas si tu es au courant, mais quand on coupe un sexe d'homme alors qu'il est en érection, il en sort un maximum de sang.

— J'ignorais, mais ça semble logique. Continue.

Ce fut Brichot qui enchaîna :

— Alors, en dehors du corps lui-même qui en était couvert, il n'y avait pas une goutte de sang autour de la tombe.

— Donc, conclut Patricia qui se piquait au jeu, ça veut dire qu'on a tué ce type à un autre endroit et qu'on a transporté son cadavre après coup.

— Tout juste, approuva Boris. Ce qui n'est pas tellement dans la manière d'une bande d'exaltés du genre satanistes ou autre, que Mémé et moi sommes bien placés pour connaître[1]. En plus, il y a autre chose...

Il alluma une Gitane blonde avant de poursuivre :

— Le rapport du légiste nous dira ça avec plus de précision, mais à mon avis la mort remontait à plusieurs heures quand on a trouvé le corps. Or, il y a des rondes régulières, à l'intérieur du Père-Lachaise. Donc, si les gardiens n'ont repéré le cadavre qu'aux alentour de sept heures et demie, ça veut dire qu'il n'y était pas avant. CQFD.

— Et une fois de plus, on retombe sur Victor Noir, conclut Aimé Brichot.

Boris Corentin donna un coup de poing si violent sur son bureau que Patricia ne put retenir un petit cri :

— Eh, qu'est-ce qui t'arrive ? Cool, quoi !

Mais Boris ne l'écoutait plus. Il avait repris en main la photo trouvée dans le portefeuille de Patrick Descrouelles et l'examinait une fois de plus à la loupe.

Il poussa un rugissement de triomphe et releva vers les deux autres des yeux brillants d'excitation :

— Ça y est ! Grâce à toi, Mémé, et à ta remarque sur Victor Noir, j'ai trouvé où j'avais déjà vu cette fille...

---

1. Voir Brigade Mondaine n° 169, *La vestale du temple lunaire.*

— Eh bien, accouche ! fit Mémé en tortillant nerveusement la pointe de sa moustache.

— À Asnières, dit Corentin. C'est elle, la rousse qui m'a appelé Victor et qui sortait de la villa normande où vous veniez d'entrer.

— Celle qui t'a filé entre les doigts ? s'exclama Patricia en sautant en bas du bureau. C'est génial ! Il faut absolument savoir qui c'est.

Corentin lui tendit la photo :

— Grimpe en vitesse au fichier. Avec leurs ordinateurs ultra-modernes, ils ne devraient pas en avoir pour trop de temps à nous trouver ça.

Patricia avait déjà disparu dans le couloir.

— En tout cas, si cette fille a un lien quelconque avec le mort, fit observer Brichot, à moins d'une improbable coïncidence, ça nous ramène une fois encore à « Nos chers disparus ».

Corentin avait l'air sombre.

Il passa la main dans ses cheveux qui, depuis quelque temps, s'agrémentaient de petits fils d'argent sur les tempes.

— Tu as raison, Mémé, il va vraiment falloir aller jeter un bon coup de pied dans cette fourmilière un jour ou l'autre. Et plutôt un jour que l'autre.

Le silence s'installa entre eux, uniquement ponctué par les mugissements intermittents des péniches qui se croisaient sur la Seine.

Le bruit de la porte les tira brusquement de leur rêverie. Patricia déboula en trombe, brandissant la photo à bout de bras, les yeux étincelants d'excitation :

— Cette fille... C'est sa femme !

— Tu veux dire sa veuve, corrigea Boris qui était déjà debout et enfilait son blouson en marchant à grandes enjambées vers la porte. Allez, en route, on va aller lui dire deux mots à celle-là !

CHAPITRE XI

En sortant du Père-Lachaise, Gillian Mayo écumait littéralement de rage. Mais les passants qui la croisaient ne pouvaient rien remarquer. L'Irlandaise avait le même visage lisse et impassible qu'à l'accoutumée.

Depuis douze ans, elle avait pris l'habitude de ne rien laissé filtrer de ses sentiments ou de ses réactions. Jamais. Sous aucun prétexte.

C'était une question de vie ou de mort.

Cette aptitude à tout garder à l'intérieur de soi lui avait sauvé la mise plusieurs fois, dans son pays.

Quand elle exécutait froidement des représentants plus ou moins haut placés de Sa Très Gracieuse Majesté Elizabeth II d'Angleterre, pour le compte de la branche armée de l'IRA qui l'avait recrutée l'année de ses dix-neuf ans.

Depuis, Gillian Mayo, fille de catholiques fervents mais ayant elle-même perdu la foi, Gillian Mayo avait tout connu. Les planques interminables, la traque impitoyable de Scotland Yard, les camarades de combats tués en pleine rue, ou morts après une longue agonie consécutive à une grève de la faim.

Et même les camps d'entraînement secrets du colonel Khadafi, dans le désert de Libye.

Au fil du temps, elle était devenue l'une des meilleures tueuses de l'IRA. Et quand une trêve durable s'était instaurée en Irlande, Gillian s'était aperçue qu'elle ne pourrait plus jamais se passer de tuer.

Tel un fauve rendu fou par l'odeur du sang, la mort violente des autres était nécessaire à son équilibre à elle.

Sa rencontre avec Thérèse de Grignancourt avait été une aubaine, de ce point de vue. Bien sûr, Gillian Mayo se fichait éperdument des délires anti-mâles de cette bande de folles qui s'appelaient entre elles « Le Clan des veuves ». Mais les contrats qu'elle exécutait pour elles lui permettaient de ne pas perdre la main, de ne pas s'amollir.

Depuis le début, elle s'était dit que le jour où la guerre sainte se rallumerait dans son pays, elle serait prête. Toujours la meilleure.

Gillian bouscula un type en costume trois-pièces sans même s'en apercevoir, tandis qu'elle s'engouffrait dans la station de métro de Père-Lachaise.

Jusqu'à maintenant, tout s'était admirablement passé. Sur les cinq types qu'elle avait liquidés pour le compte du Clan des veuves, pas un n'avait éveillé les soupçons de la police française. De malheureux accidents dans quatre cas, et un beau petit suicide programmé dans le cinquième.

Mais là, les veuves avaient dérapé.

Gillian sentit une boule de glace brûlante se former au creux de sa poitrine.

Mais qu'est-ce qui leur avait pris d'aller supprimer ce type elles-mêmes ? Et surtout d'une façon aussi grand-guignolesque ! C'était absurde ! Contraire à toutes les lois intangibles de la guérilla.

Ne jamais laisser de traces.

Le résultat ne s'était pas fait attendre : les flics de la Brigade Mondaine étaient sur le coup. Et notamment ce Boris Corentin sur lequel, comme sur la plupart des policiers d'élite de l'Europe entière, Gillian possédait une fiche parfaitement à jour.

Brillants états de service, ce Corentin. Sûrement pas de taille à se mesurer à elle, Gillian Mayo, mais tout de même. Dangereux. Imprévisible et intelligent. Imprévisible parce qu'intelligent.

Ce n'est pas que l'idée d'un duel entre elle et Corentin aurait été pour lui déplaire, dans l'absolu. Mais elle ne devait pas penser à elle. Jamais.

L'important, c'était la cause. L'Irlande. Et les camarades de combats.

Pour eux, elle devait absolument se mettre à l'abri. Disparaître. S'évanouir dans la nature comme si elle n'avait jamais existé.

Sur le quai du métro, Gillian vérifia sur le panneau lumineux que la ligne numéro trois était bien directe jusqu'au pont de Levallois.

La rame arrivait et Gillian grimpa dans un wagon au hasard, non sans avoir, instinctivement et sans même s'en apercevoir réellement, photographié mentalement tous les visages qui s'y trouvaient.

Si elle voulait vraiment disparaître efficacement, c'est-à-dire sans le moindre risque que les flics puissent remonter jusqu'à elle à cause de cette boucherie stupide, il fallait rompre la chaîne qui la liait au clan des veuves.

En commençant tout de suite par le maillon le plus faible, à savoir Virginie Descrouelles.

*
* *

Virginie respira profondément et se laissa glisser voluptueusement dans l'immense canapé en fermant à moitié les yeux.

Elle n'avait dormi que quelques heures, mais elle se sentait bien. Délivrée. En paix.

Elle s'en voulait d'avoir craqué face aux trois veuves, après avoir exécuté son mari. Mais maintenant, c'était fini. Elle était contente d'avoir fait ce qu'elle avait fait. Sa vie allait prendre un nouveau départ, grâce à ce que Patrick lui laissait en héritage. Il avait eu la bêtise de le lui dire, un soir où il avait vraiment forcé sur la boisson et où il se sentait l'âme romantique.

— Je sais bien que tu as l'impression que je ne t'aime pas et que je te méprise, avait-il balbutié, des larmes d'auto-attendrissement au coin des yeux. Mais ce n'est pas vrai, ma chérie, pas vrai du tout. La preuve : sur le testament que j'ai rédigé l'année dernière, c'est toi, ma légatrice universelle. Tu vois bien que je t'aime…

Le lendemain, dessaoulé, Patrick Descrouelles avait tout oublié de la conversation de la veille et Virginie s'était bien gardée de lui en reparler. De peur qu'il change d'avis…

Virginie rabattit les pans de son peignoir éponge sur elle et jeta un coup d'œil à la pendulette d'argent qui trônait sur la cheminée à insert. Neuf heures moins dix. Il fallait qu'elle se concentre, qu'elle se prépare mentalement à ce qui allait suivre.

Le corps de son mari devait déjà avoir été découvert et ça ne serait pas long que les flics débarquent pour lui annoncer la « terrible nouvelle ».

Et là, elle n'aurait pas le droit à l'erreur.

Le carillon de l'entrée la fit sursauter et elle se leva d'un bond du canapé.

Déjà...

Virginie eut un mouvement de surprise en découvrant, au lieu des deux hommes qu'elle s'attendait à voir débarquer chez elle, une femme seule. Jeune, des cheveux blonds coupés très court, des yeux délavés et un sourire engageant sur les lèvres.

— Madame Descrouelles ? demanda-t-elle avec une pointe d'accent anglo-saxon.

— Oui, c'est moi, mais...

— Puis je entrer s'il vous plaît ? Ce que j'ai à vous dire ne regarde personne d'autre que vous, dit Gillian en jetant un coup d'œil rapide aux deux autres portes donnant sur le grand palier de faux marbre.

Sans réfléchir, pensant toujours avoir affaire à quelqu'un de la police, Virginie s'écarta. Aussitôt, Gillian s'engouffra dans l'appartement et referma la porte derrière elle.

— Mais... Mais qu'est-ce que vous faites ? bredouilla Virginie en la voyant donner un tour de clé et mettre celle-ci dans la poche arrière de son jean.

Pour toute réponse, sans que son visage ne trahisse le moindre sentiment, Gillian la gifla à toute volée. Virginie poussa un petit cri, autant de surprise que de douleur. Déséquilibrée par la violence du choc, elle s'écroula sur la moquette de l'entrée.

Gillian l'attrapa par les revers de son peignoir largement ouvert et la força à se relever. Avec une force étonnante, elle la traîna jusqu'au salon et la jeta sur le canapé.

Virginie ouvrit la bouche pour dire quelque chose. Gillian la gifla de nouveau avec encore plus de violence. Les joues de Virginie virèrent à l'écarlate et ses yeux s'emplirent de larmes.

— Mais pourquoi ? hoqueta-t-elle d'une toute petite voix. Qu'est-ce que vous voulez ?

Gillian, debout contre le canapé, la toisa avec un sourire froid :

— Tu t'es bien amusée, cette nuit, au Père-Lachaise, avec les autres folles, non ? Ah, tu as peur ! Tu te demandes comment je suis au courant, c'est ça ?

Virginie la dévisageait avec des yeux agrandis par l'épouvante. Elle ne comprenait plus rien, tout se brouillait dans sa tête. Qui était cette femme ? Comment savait-elle pour Patrick ? Et surtout, qu'est-ce qu'elle voulait ? Qu'est-ce qu'elle attendait d'elle ?

— Vous vous êtes comportées comme de petites oies stupides, reprit Gillian. À cause de votre maladresse, les flics risquent de remonter toute la filière. Et ça je ne le veux surtout pas, tu comprends ?

— Mais qu'est-ce que vous avez à voir là-dedans ? parvint à demander Virginie. Et d'abord qui êtes-vous ?

Gillian eut un petit rire sec :

— Il vaut mieux pour toi que tu n'aies pas de réponse. Ni à la première question, ni à la deuxième. Disons que je suis quelqu'un qui est venu s'assurer que tu n'irais pas tout raconter aux flics quand ils t'interrogeront.

Virginie se redressa sur les coudes. Son peignoir, dans sa chute, s'était entièrement ouvert sur son corps nu, mais elle ne paraissait même pas s'en apercevoir.

— Évidemment que je ne dirai rien ! protesta-t-elle. Si je parle, je vais en prison, non ? C'est dans mon intérêt de me taire...

Gillian s'assit sur le canapé, tout contre le corps allongé de Virginie.

— Je le sais bien que c'est ton intérêt, dit-elle d'une voix presque douce. Mais les femmes sont si fragiles parfois, si imprévisibles. Elles cèdent si facilement aux pressions des hommes. J'ai préféré m'assurer par moi-même que tu ne craquerais pas, c'est tout.

Elle posa sa main droite sur le ventre plat de Virginie et se mit à lui chatouiller la peau du bout de ses ongles.

— C'est vrai que tu as l'air d'une bonne fille, murmura-t-elle d'un ton caressant. À la fois courageuse et docile. N'est-ce pas que tu es docile, Virginie ?

Tout en parlant, Gillian avait fait remonter sa

main sur le corps frissonnant de Virginie. Elle plaqua sa paume sur son sein gauche et Virginie se cabra en un mouvement de refus.

— Arrêtez ! gémit-elle. Je ne veux pas. Il ne faut…

Sa phrase s'acheva en un cri de souffrance. Gillian venait de tordre méchamment entre le pouce et l'index le mamelon rose tendre de son sein.

— Tais-toi, petite salope ! siffla l'Irlandaise entre ses dents. Pour l'instant, c'est moi qui suis maître du jeu.

Elle eut un petit ricanement bref :

— Et quelque chose me dit que ce n'est pas pour te déplaire. Hein que tu aimes ça, au fond, te soumettre à la volonté de quelqu'un d'autre ?

Tout en parlant, Gillian ne cessait de torturer la pointe du sein entre ses doigts.

Et, à sa grande stupéfaction, Virginie sentit la douleur s'estomper, remplacée par une chaleur diffuse qui prenait naissance dans sa poitrine et irradiait en direction de son bassin.

Instinctivement, quand l'autre main de Gillian se posa sur son ventre et commença à descendre lentement, Virginie ouvrit imperceptiblement les cuisses. Presque malgré elle.

Gillian s'en aperçut et eut un petit sourire froid :

— À la bonne heure ! Tu vois que tu es faite pour être soumise. Ouvre tes jambes mieux que ça !

L'ordre cinglant agit sur Virginie comme un électrochoc dont les ondes se répercutèrent jusqu'au plus profond d'elle-même. Toutes ses résistances cédèrent en même temps et d'un coup, comme un barrage lézardé qui s'effondre sous la pression de l'eau.

Elle écarta ses cuisses autant qu'elle le put et cambra les reins. Vibrante d'attente.

Elle poussa un long soupir de plaisir quand les doigts impérieux de Gillian prirent brutalement possession de son ventre.

— Plus fort ! s'entendit-elle implorer d'une voix mourante. Prends-moi fort. Oh ! c'est trop bon !

La montée puissante de son orgasme fut stoppée net. Et brutalement.

Virginie mit quelques fractions de seconde avant de comprendre ce qui lui arrivait.

Quand elle se rendit compte que Gillian lui avait plaqué un des coussins du canapé sur le visage et qu'elle essayait de l'étouffer, Virginie était déjà en train de suffoquer.

Avec l'énergie du désespoir, elle fit deux ou trois soubresauts d'une force terrible pour se débarrasser de ce poids qui la tuait.

Mais Gillian, en professionnelle consciencieuse, ne lui laissa aucune chance. Assurant sa prise des bras et des genoux, elle parvint sans peine à contenir les ruades d'agonie de sa victime.

Quand Virginie comprit que ça ne servait à rien de lutter et qu'elle allait mourir, elle cessa brusquement de se débattre.

Elle rendit l'âme dans les cinq secondes suivantes.

Gillian, par sécurité, appuya sur coussin encore une demi-minute, puis se releva, aussi calme qu'à l'accoutumée. Sans un regard pour sa victime, elle quitta l'appartement.

C'est au moment où elle arrivait sur le palier qu'elle perçut le chuintement de l'ascenseur qui s'arrêtait à l'étage où elle se trouvait.

*
* *

— J'espère qu'elle sera chez elle et qu'on ne va pas être obligé de lui courir après je ne sais où, dit Aimé Brichot au moment où l'ascenseur ralentissait au septième étage de l'immeuble où vivait Virginie Descrouelles, dans les quartiers flambant neufs du pont de Levallois.

Boris Corentin ne répondit pas. Les portes de l'ascenseur s'ouvraient lentement et il se trouva nez à nez avec une jeune femme blonde aux cheveux très courts qui le dévisageait avec des yeux crépitant de haine.

Il ne fallut qu'une seconde ou deux à la prodigieuse mémoire visuelle de Corentin pour l'identifier.

Une terroriste de l'IRA, recherchée depuis des années par Scotland Yard qui avait diffusé son signalement auprès de toutes les polices d'Europe.

Comme dans un film projeté au ralenti, Corentin vit Gillian Mayo écarter le pan de son blouson, saisir la crosse de son pistolet et en braquer le canon vers lui et Brichot.

Il eut juste le temps de repousser son coéquipier contre la paroi de l'ascenseur et de se plaquer de l'autre côté.

Les deux balles tirées coup sur coup claquèrent à

ses oreilles et une âcre odeur de poudre emplit la cabine.

Gillian Mayo avait disparu en direction de l'escalier, aussitôt ses deux coups de feu tirés.

Corentin se rua sur le palier en hurlant à Brichot :

— Redescends par l'ascenseur ! Bloque les issues avec Patricia et appelle du renfort !

Il bondit vers la porte de l'escalier qui se refermait lentement à cause du « groom ».

C'est à ce moment-là que Corentin réalisa qu'il était désarmé. « Maudites vacances ! » grommela-t-il, avant de rouvrir la porte avec précaution.

Il perçut des bruits de pas précipités. Mais des bruits qui venaient d'au-dessus de lui, pas des étages inférieurs.

Gillian Mayo avait choisi de rejoindre le toit de l'immeuble.

Corentin bondit à sa suite. L'escalier, un étage plus haut, était barré par une lourde porte métallique. Corentin la poussa et se retrouva à l'air libre, sur la terrasse gravillonnée au centre de laquelle avait été installée la chaufferie de l'immeuble.

Boris repéra tout de suite Gillian qui avait dépassé la chaufferie en question et courait vers le bout de l'immeuble.

Il se rua à sa poursuite. Tout en se demandant quel pouvait bien être son plan.

Il comprit quelques secondes plus tard. Entre l'immeuble où ils se trouvaient et le suivant, il y avait une petite allée juste bordée d'un minuscule trottoir assez large pour laisser passer une voiture. Boris l'avait repérée quand ils étaient arrivés.

Lorsqu'il vit Gillian accélérer l'allure, il sut ce qu'elle allait faire.

Elle comptait franchir d'un bond, au-dessus de huit étages de vide, les quatre mètres qui séparaient les deux immeubles.

Estomaqué, Boris vit l'Irlandaise sauter sur le parapet de sécurité et continuer à courir sur cette bande de béton d'à peine quarante centimètres de large. Au bord du vide.

Elle prit son appel le plus près possible du bord de la terrasse et s'élança en avant. Corentin eut l'impression qu'elle montait très haut, puis qu'elle restait un instant suspendue, immobile entre ciel et immeuble.

Enfin, après un temps qui lui parut très long, elle retomba de l'autre côté.

Boris serra les mâchoires. Si elle l'avait fait, il pouvait le faire aussi.

Il allait grimper sur le parapet quand l'Irlandaise se retourna vers lui et fit feu.

La balle passa assez loin de lui, mais le força quand même à s'aplatir sur la terrasse.

Il comprit immédiatement ce que Gillian avait en tête : elle ne le visait pas vraiment, elle se contentait de l'empêcher de sauter.

Boris se releva et fit demi-tour à toute vitesse. Il disparut dans la cage d'escalier pratiquement en même temps que la tueuse s'engouffrait dans celle de l'immeuble voisin.

Quand il déboucha dans le hall, il fut instantanément rejoint par Brichot et Patricia.

— L'autre immeuble ! cria-t-il. Elle est passée par l'autre immeuble !

Ils s'y précipitèrent ensemble. Et comprirent en même temps qu'ils étaient refaits.

Ce bâtiment-ci, contrairement à celui où habitaient les Descrouelles, possédaient deux entrées : une sur le front de Seine par où ils étaient entrés et une seconde sur l'avenue Georges-Pompidou.

Celle par où était sortie Gillian Mayo.

— On est marron, ragea Boris. Elle avait dû étudier les lieux avant de venir. Ce serait assez le genre de prudence qu'on peut attendre d'une fille comme elle.

Il se tourna vers Brichot et Patricia :

— Diffusez son signalement à tous les services immédiatement. Avec un peu de chance…

Il tourna les talons et remonta jusqu'à l'appartement des Descrouelles. En débouchant dans le grand salon, il comprit tout de suite ce que Gillian était venue faire ici.

Virginie Descrouelles ne serait pas restée veuve très longtcmps.

CHAPITRE XII

Thérèse de Grignancourt dut faire un véritable effort pour se détourner de la fenêtre donnant sur le petit parc de sa villa normande. Elle fit face aux deux autres veuves avec un soupir agacé :

— Eh bien, allez-y, je vous écoute ! Dites-moi ce qui vous turlupine, au lieu de rester plantées là...

Caroline Pernet et Barbara Salieri échangèrent un rapide coup d'œil entre elles et baissèrent le nez en même temps. Enfin, Caroline prit son courage à deux mains et regarda Thérèse en face :

— Barbara et moi, on pense qu'on a eu tort de vouloir supprimer Descrouelles nous-mêmes. On n'est pas des professionnelles et on risque d'attirer l'attention sur nous.

— On pense aussi qu'on ferait mieux d'arrêter tout pendant quelque temps, renchérit Barbara, enhardie. Histoire de laisser les choses se calmer un peu.

Thérèse les regarda longuement l'une après l'autre avec un petit sourire à la fois ironique et méprisant :

— On n'est pas des professionnelles, vous dites ? C'est vrai, dans un sens. Mais vous semblez oublier un peu rapidement que toutes les trois, on a quand même supprimé nos maris respectifs sans jamais éveiller le moindre soupçon de la police. Vrai ou faux ?

Elle plongea ses yeux d'un noir intense dans ceux de Caroline Pernet :

— C'est quand même bien toi qui as poussé ton mari du haut des falaises de Crozon, non ? Et qui est ensuite allée pleurer et gémir à la police locale comme quoi il venait de se produire un terrible accident.

Caroline baissa les yeux sans répondre. Thérèse se tourna vers la troisième veuve :

— Et toi, Barbara, toi qui aimes tant les hommes, ça ne t'a pas empêchée de mettre sur pied ce faux chantage homosexuel vis-à-vis de ton cher époux pour faire croire à son suicide. Alors que c'est toi qui lui as tiré une balle en pleine tête.

Thérèse eut un sourire à peine esquissé et vite disparu de ses lèvres minces :

— Quant à moi, vous savez très bien que mon défunt mari n'est pas tombé tout seul dans la piscine. J'ai même eu un sacré mal à l'empêcher de remonter ! Bref, nous avons fait la preuve que nous pouvions nous passer de qui que ce soit pour l'exécution de nos contrats.

Elle pointa un index accusateur vers les deux femmes :

— Quant à suspendre nos activités, c'est absolument hors de question ! Je vous rappelle que nous avons absolument besoin de l'argent que nous rapporte nos... « bonnes actions ».

Thérèse se redressa et ses yeux se mirent à étinceler d'une sorte de fierté presque surhumaine :

— Et puis, nous avons une mission à remplir ! C'est à nous de délivrer toutes ces malheureuses créatures enchaînées par le despotisme bestial de l'homme ! C'est à nous d'en faire des femmes libres ! De leur montrer la voie de la lumière ! Nous sommes les Cavaliers de l'Apocalypse, nous devons purifier la terre de l'exploitation sexuelle des mâles ! Et comme notre mission est sacrée et nécessaire, il ne nous arrivera rien de mal. Dieu est avec nous ! Il ne peut être qu'avec nous dans ce juste combat...

Elle les regarda avec des yeux crépitant de colère et lâcha d'une voix encore plus dure, presque menaçante :

— Et puis, n'oubliez pas que nous avons signé un pacte toutes les trois. Un pacte qui nous lie à jamais les unes aux autres. Dans la vie comme dans la mort !

Thérèse se tut brusquement et laissa retomber sa tête sur le côté, comme épuisée par sa tirade. Toute son exaltation retomba d'un coup. Mais il lui restait une sorte de flamme furieuse dans le regard.

Caroline et Barbara se regardèrent, mi-inquiètes, mi-subjuguées par le discours de Thérèse de Grignancourt qui semblait avoir complètement oublié leur présence dans la grande bibliothèque.

— Bon, finit par dire Caroline, on fera comme tu voudras. Mais il faudrait quand même faire attention et prendre le maximum de précautions.

Thérèse s'ébroua comme si elle sortait d'un

cauchemar et fixa les deux femmes en ayant l'air de ne pas les reconnaître. Enfin elle parvint à sourire :

— Bien sûr que nous prendrons toutes les précautions, je ne suis pas suicidaire, rassurez-vous. Mais l'important, c'est que nous soyons victorieuses, à la fin.

L'entretien était terminé et les deux autres veuves se dirigèrent lentement vers la porte.

— Caroline... appela doucement Thérèse, au moment où elles allaient sortir. Reste un peu s'il te plaît, j'ai quelque chose à te dire...

Barbara sortit seule, un petit sourire au coin des lèvres, et referma sans bruit derrière elle.

Caroline s'avança au milieu de la pièce tapissée de livres et sourit à Thérèse qui s'approchait :

— Qu'est-ce que tu voulais me dire ?

— Rien ! souffla Thérèse en l'enlaçant et en plaquant violemment ses lèvres contre les siennes qui s'entrouvrirent sous le baiser.

*

* *

Aimé Brichot arriva en haut de l'escalier passablement essoufflé, sous l'œil un peu goguenard de Boris et de Patricia qui l'attendaient sur le palier.

— Quand je te le dis, Mémé, que tu as tort de négliger l'entraînement ! fit Corentin.

— Ça va, ça va ! bougonna Brichot. Épargne-moi les leçons de morale, en plus !

— Bon, allez, entrez, dit Boris en ouvrant la porte de son studio qu'il ne fermait jamais à clé.

Patricia ressentit un petit pincement délicieux au creux du ventre en revoyant le lit où, la nuit précédente, elle avait passé des heures inoubliables dans les bras de Boris. Expérience qu'elle était tout prête à renouveler, dès que l'occasion se présenterait.

Sauf que là, ils n'étaient pas venus rue de Turbigo pour l'amour ni pour la rigolade.

Aimé Brichot prit place dans l'unique fauteuil Voltaire, qu'il avait un jour cassé par mégarde et fait réparer à ses frais.

Boris revint de la minuscule cuisine attenante avec deux bières et un Coca qu'il tendit à Patricia avec un petit clin d'œil :

— Désolé, je n'ai pas de « light ».

— Pas grave, assura-t-elle. L'autre soir, au restau, j'ai commandé un « sans sucre » uniquement pour vous faire croire que je soignais ma ligne. En fait, je m'en fous !

— Vous avez bien raison, appuya Brichot. C'est ce que je dis toujours à Jeannette – Jeannette, c'est ma femme – qui passe son temps à essayer des régimes alors qu'elle n'en a absolument pas besoin.

— Ah oui ? fit Patricia, intéressée. Et elle a essayé quoi comme trucs ? Le dissocié ? Le tout-pâtes ? Le régime « trois R » ?

— Eh bien, en fait... commença Brichot.

— Si ça ne vous fait rien, l'interrompit Corentin, j'aimerais qu'on remette ce petit symposium diététique à plus tard et qu'on revienne à nos moutons. Ou plutôt : à nos chères veuves...

— Tu as raison, bafouilla Brichot, un peu confus de s'être laissé prendre en flagrant délit de bavardage.

Corentin s'assit sur le lit, à côté de Patricia, alluma une Gitane blonde et but une gorgée de bière.

— Je pense qu'il est évident maintenant que toute cette affaire trouve son point de départ à l'association « Nos chers disparus », dit-il.

— C'est fort probable, renchérit Brichot. Seulement, j'avoue que je vois mal le lien. Je veux dire : quel est leur rôle exact.

— Moi, non plus, avoua Boris.

— Je vais peut-être dire une connerie... avança Patricia presque timidement.

— Dis-la, l'encouragea Boris. Si tu savais le nombre de conneries qu'on a dites, Mémé et moi, et qui ont finalement permis de décoincer une enquête qui piétinait...

— Eh bien, voilà. Je me disais que si cette association ne se contentait pas d'épauler les veuves, mais aidait certaines femmes à le devenir, ça expliquerait bien des choses. Et en particulier, le fait que Pilar de Kérivec ait eu leur carte dans son sac et que Virginie Descrouelles soit allée leur rendre visite, la veille de l'assassinat de son mari.

Boris la prit par les épaules, l'attira à lui et l'embrassa au coin des lèvres, sous l'œil vaguement réprobateur d'Aimé Brichot :

— Tu sais que ce n'est pas mal raisonné du tout, ça ! Effectivement, ça expliquerait beaucoup de choses.

— Sauf une, intervint Brichot : pourquoi cette terroriste de l'IRA – Gillian Mayo, c'est ça ? – pourquoi est-elle venue étouffer Virginie Descrouelles chez elle ? Ça ne cadre pas du tout avec le reste du scénario…

Boris redevint sombre et se frotta pensivement le menton de la main gauche :

— J'y ai déjà pensé, figure-toi.

— Avec quel résultat ? demanda Patricia.

— Aucun. *Nada*. Mais j'ai le pressentiment que le meurtre de Virginie Descrouelles est un problème annexe. Une sorte de corollaire de l'affaire principale. Évidemment, ça reste à démontrer.

Il se leva pour aller écraser sa Gitane blonde dans le cendrier posé sur l'appui de fenêtre et se mit à arpenter la pièce sous l'œil des deux autres.

— L'essentiel, maintenant, c'est de pénétrer chez ces dames de « Nos chers disparus ». Tout le problème, c'est que si on se pointe à la porte avec nos gros sabots de flics, on n'arrivera à rien. Elles risquent même de prendre les jetons et de replier en catastrophe toute leur petite machine à produire des veuves. Il faut trouver autre chose…

— Mais quoi ? répondit Brichot en écho, la mine sombre lui aussi.

De nouveau, Patricia intervint :

— J'ai peut-être une petite idée…

— Décidément, fit Boris, le métier rentre vite, chez toi ! Et c'est quoi, cette idée que je subodore lumineuse ?

Patricia secoua ses mèches brunes et frisées et regarda Boris avec intensité :

— Et si je me faisais passer auprès d'elle pour une épouse très malheureuse qui ne voit plus d'autre solution que le suicide ? Et si je suggérais que seule la disparition de mon mari pourrait me rendre goût à la vie, en laissant entendre que je serais prête à payer très cher pour ça ?

Le silence tomba dans le studio. Les deux inspecteurs réfléchissaient, chacun de son côté.

— C'est une idée intéressante, finit par murmurer Corentin, les yeux dans le vague.

— C'est une idée stupide et dangereuse, affirma aussitôt Brichot.

— Et pourquoi, s'il te plaît ? demanda Patricia, piquée au vif.

— Tout simplement parce que je vous rappelle que nous sommes allés ensemble voir Thérèse de Grignancourt.

— Mémé a raison, intervint doucement Boris : elle te reconnaîtra fatalement.

Patricia bondit sur ses pieds et fit face aux deux hommes avec des yeux étincelant d'excitation :

— Mais pas du tout ! D'abord, elle m'a à peine regardée. Ensuite, elle a vu quoi ? Une Beurette pas maquillée, en jean, tee-shirt et baskets, avec des cheveux frisés et longs et des verres de contact.

Elle toisa Corentin et Brichot avec un petit sourire de triomphe :

— Eh bien, moi, je vous parie que si je me coupe les cheveux très courts, que je me maquille, que je me fringue en bourgeoise et que je ressors de leur tiroir mes grosses lunettes de myope, votre Thérèse de Machin-chouette n'y verra que du feu. Qu'est-ce que vous en dites ?

— Elle a raison, ça paraît jouable, dit Boris tout en continuant d'étudier l'idée de Patricia.

— Jouable, peut-être, grommela Brichot, mais je n'aime quand même pas beaucoup ça. Il pourrait y avoir du danger.

— Et alors ? lança Patricia. Je suis flic, oui ou non ? Et ce n'est pas parce que je suis une femme que…

— Ça va, ça va, l'interrompit Brichot, ce n'est pas ce que j'ai voulu dire. N'empêche…

— De toute façon, trancha Boris, ce n'est pas pour Patricia que ça risque d'être dangereux, mais pour moi.

— Pourquoi pour toi ? s'étonna Patricia.

Corentin haussa les épaules :

— Parce que les gens de l'association ne me connaissent pas. C'est donc moi qui vais jouer le rôle de ton mari, si jamais ton plan fonctionne.

Patricia lui adressa un sourire trouble :

— L'idée n'est pas pour me déplaire !

Aimé Brichot se leva brusquement du fauteuil Voltaire :

— Écoute, Boris, je veux bien marcher dans la combine, mais à une condition : on met Baba dans le coup. On officialise la chose, si tu préfères…

Corentin réfléchit une seconde, puis hocha la tête :

— OK, Mémé, je pense que tu as raison. Tu t'en charges ?

— J'y vais de ce pas, répondit Brichot en quittant le studio.

Dès qu'il fut sorti, Patricia vint se blottir dans les bras de Boris et lui offrit sa bouche.

Leur baiser fut long, profond, à la fois sensuel et violent.

Quand elle se détacha de lui, Patricia avait le feu aux joues et ses yeux étincelaient.

— On a un peu de temps ? murmura-t-elle.

— On a tout le temps qu'on veut, répondit Boris en la renversant sur le lit.

En geignant de désir, Patricia s'attaqua au ceinturon de son jean et plongea une main fébrile dans l'ouverture qu'elle venait de pratiquer. Ses doigts impatients se refermèrent autour de la virilité triomphante de Boris.

— Il était temps ! soupira-t-elle. Un peu plus et j'allais oublier qu'elle était aussi belle…

Elle se tut et ferma à demi les yeux, savourant son plaisir. Les lèvres de Boris, qui remontaient le long de ses cuisses, sous sa jupe ample, venaient d'atteindre la lisière de sa petite culotte blanche.

Prenant appui sur les talons, et sans lâcher le membre dur qui palpitait dans sa main, Patricia cambra les reins pour permettre à Boris de la débarrasser de ce petit morceau de dentelle, rempart ténu entre elle et lui.

C'est à ce moment-là que la sonnerie du téléphone retentit agressivement.

— Ne réponds pas ! supplia Patricia.

Boris l'abandonna et glissa sur le lit pour atteindre le combiné.

— Un bon flic répond toujours ! dit-il avant de décrocher.

— Boris ? dit la voix à l'autre bout. C'est Rachid. Il m'est revenu un truc qui peut être important, à propos de Pilar de Kérivec. Je peux passer te voir ?

— Tu ne veux pas me le dire tout de suite ? demanda Corentin.

— Je n'aime pas trop parler au téléphone...

— Et tu vas venir de Melun exprès pour ça ? s'étonna Boris.

— Je ne suis pas à Melun, répliqua Rachid avec un petit rire. Je suis aux Halles : à cinq minutes de chez toi.

— OK, je t'attends, fit Corentin, résigné, avant de raccrocher.

— Si je comprends bien, notre petit intermède érotique est à l'eau, fit Patricia en rajustant sa jupe. Et c'est qui, cet emmerdeur ?

« L'emmerdeur » frappa à la porte du studio exactement six minutes plus tard.

— Entre, fit Boris, c'est ouvert.

Rachid eut un petit mouvement de recul en découvrant Patricia qu'il ne connaissait pas.

— Patricia, je te présente Rachid Samad, un jeune avocat fauché mais plein d'avenir ! dit Corentin d'un ton comiquement cérémonieux.

Puis, il se tourna vers Rachid :

— Et voici mademoiselle Patricia Boulaïa, une jeune recrue de la police nationale française !

Il n'eut pas besoin d'en dire plus.

Amusé, il s'aperçut que Rachid et Patricia se dévoraient littéralement des yeux, bouches entrouvertes, sans parvenir à dire un mot ni à esquisser le moindre geste.

Corentin se dit qu'il était le témoin privilégié de

ce que, dans la presse féminine, on appelle un coup de foudre.

— Tu n'étais pas venu pour me dire quelque chose ? dit-il avec un tout petit peu d'ironie.

Rachid Samad parut avoir un mal fou à détacher son regard du visage et du corps de Patricia :

— Hein ? Ah, oui, c'est vrai... Eh bien, en fait, ce n'est peut-être rien, mais on ne sait jamais...

Il cherchait ses mots sans les trouver. Et, invinciblement, ses yeux revenaient se poser sur Patricia qui, l'air de rien, prenait des poses avantageuses sur le lit de Boris. Lequel s'amusait comme un petit fou.

— Alors voilà, reprit Rachid après avoir dégluti avec peine. Je me suis souvenu que le jour où elle m'a parlé de venir vivre chez moi, je lui ai évidemment objecté mon manque d'argent. Et elle m'a répondu : « Pas de problème : grâce à mes amies les veuves, les questions d'argent se résoudront d'elles-mêmes. » Sur le coup, je n'ai pas fait attention, mais...

Corentin ne l'écoutait plus. Ce que venait de dire Rachid, c'était la preuve que Pilar était bel et bien en contact direct avec « Nos chers disparus », avant la mort de son mari. Et que la carte de l'association n'avait pas atterri dans son sac par hasard.

— Ça peut t'être utile ? demanda Rachid, toujours hypnotisé par Patricia.

— Je pense que oui, répondit Boris.

Et il entreprit de faire un rapide résumé de toute l'affaire à Rachid. Comme ça, au feeling, parce qu'il avait confiance en lui et en son intelligence.

— Tu ne peux pas jouer le rôle du mari, trancha

Rachid, quand Boris lui eut exposé le plan imaginé par Patricia.

— Et pourquoi ça ?

— Réfléchis, super-flic, reprit Rachid avec un petit sourire. Cette tueuse de l'IRA, cette Gillian Mayo, il y a de grandes chances pour qu'elle soit mêlée à tout ça. Peut-être même que c'est elle qui zigouille les maris gênants. Or, elle t'a vu et elle te connaît. Tu risques donc de tout faire foirer...

— Tu as raison, dit Boris d'un air sombre, après quelques secondes de réflexion. Dans ce cas, le plan est à l'eau, puisque Mémé ne peut pas faire le mari non plus, puisque Thérèse de Grignancourt le connaît en tant que flic.

— Il y a heureusement un troisième homme capable de faire le mari de Patricia, dit Rachid doucement.

Boris leva un sourcil étonné :

— Ah oui ? Qui ça ?

Rachid plongea ses yeux dans ceux de la jeune femme et lui sourit longuement avant de laisser tomber :

— Moi, bien sûr...

CHAPITRE XIII

Pour la troisième fois depuis une vingtaine de minutes, Patricia sortit son mouchoir brodé de la poche de son tailleur et se tamponna le coin des yeux, derrière ses lunettes aux verres épais.

Elle se dit qu'elle qui rêvait de faire du théâtre quand elle était gamine, aujourd'hui elle était servie.

Il fallait absolument qu'elle ait l'air éploré, au bout du rouleau, quand Thérèse de Grignancourt allait la recevoir. Déjà, elle sentait que son petit manège faisait de l'effet à la secrétaire de « Nos chers disparus » qui, régulièrement, levait le nez de son ordinateur pour lui lancer de longs regards apitoyés.

Boris Corentin avait jugé qu'il était préférable de ne pas téléphoner et de se pointer directement à la villa normande d'Asnières. « On repousse moins facilement une personne physique qu'une simple voix anonyme », lui avait-il expliqué.

Patricia devait convenir qu'il avait eu raison. Elle avait bien cru que la blonde qui lui avait ouvert la porte allait refuser d'aller prévenir Thérèse de Grignancourt de sa visite impromptue.

— Notre mission consiste à nous occuper des

femmes veuves, lui avait-elle expliqué d'un ton sans réplique. Pas de celles qui se trouvent mal mariées.

Patricia avait dû déployer des trésors de persuasion, et verser quelques larmes, avant que la blonde ne consente à aller prévenir la présidente. Et, miracle, celle-ci avait accepté de recevoir la visiteuse.

Et, depuis un gros quart d'heure, Patricia faisait antichambre dans le bureau de la secrétaire.

Elle passa la main sur sa tête et réprima une grimace. Elle avait vraiment du mal à s'habituer à sa coupe de cheveux, « razibus » comme elle disait. Sans parler du tailleur strict dans lequel elle se sentait empruntée et des grosses lunettes à monture d'écaille translucide qu'elle n'avait plus chaussées depuis au moins cinq ans.

Enfin, la porte du bureau de la présidente s'ouvrit et Patricia sentit son cœur battre la chamade. C'était la minute de vérité. Si Thérèse de Grignancourt la reconnaissait, tout était fichu.

Elle poussa un ouf de soulagement intérieur quand la grande femme brune au teint si pâle qu'elle connaissait déjà vint vers elle et lui pressa la main entre les siennes avec un sourire enveloppant :

— Très heureuse de vous connaître, madame Samad, entrez, je vous prie…

C'est Rachid qui avait insisté pour qu'elle se présente sous son nom. Et Patricia avait trouvé l'idée très touchante. Il n'était pas déplaisant, ce Rachid. Pas déplaisant du tout même…

En tout cas, Thérèse de Grignancourt ne semblait pas avoir fait de rapprochement entre cette femme éplorée et la petite Beurette qu'elle avait reçue la veille.

Patricia s'assit dans le fauteuil qu'on lui désignait et croisa sagement ses jambes gainées de soie claire, les yeux baissés.

La président se planta devant elle et, lui saisissant le menton dans la main la força doucement à relever la tête vers elle.

Patricia se dit qu'elle avait un regard et un sourire bizarres. Elle lui faisait penser à un rapace, un oiseau de proie.

— Comment un homme peut-il être assez grossier et assez bête pour rendre malheureuse une aussi jolie femme que vous ? murmura-t-elle.

Son autre main s'était posée sur les cheveux ras de Patricia et les caressait doucement, lui effleurant la nuque et le cou du bout de ses ongles incroyablement longs. Patricia devait faire des efforts pour ne pas repousser cette main insidieuse qui se voulait apaisante.

« Toi, ma fille, songea Patricia, tu ne risques pas de souffrir à cause d'un homme, on dirait ! »

Thérèse de Grignancourt cessa ses attouchements comme à regret et contourna son bureau pour rejoindre son propre fauteuil :

— Comme mon assistante vous l'a dit, le but de notre association est d'apporter une aide morale aux femmes accablées par le chagrin du veuvage. Et je pense que votre cas, pour dramatique qu'il puisse être, ne rentre pas dans nos attributions.

— Je le sais bien, madame, dit Patricia d'une voix très faible, implorante. Mais je ne sais pas à qui m'adresser, je ne connais personne, je... Oh, c'est horrible...

Elle eut un sanglot très réussi et Thérèse de Grignancourt se leva pour venir vers elle avec empressement. Elle se pencha vers Patricia et la prit dans ses bras avec une hâte fébrile. Elle lui prit la tête et la pressa contre sa propre poitrine. Patricia constata qu'elle respirait fort et que son cœur battait très vite.

— Reprenez-vous, ma petite, je ne vous laisserai pas tomber, murmura-t-elle. Nous devons nous soutenir, entre femmes, n'est-ce pas ?

Elle s'écarta légèrement, s'accroupit devant Patricia et prit son visage entre ses mains. Ses yeux lançaient des éclairs passionnés, ses joues s'étaient colorées. Patricia se sentit dégoûtée par ce désir qui s'exprimait sans aucune pudeur, mais elle resta dans son rôle de femme en perdition.

— Nous ne devons plus laisser les hommes nous dicter leur loi, nous imposer leur violence, nous rabaisser au rang de la bête de somme ! reprit Thérèse de Grignancourt d'une voix qui s'exaltait un peu plus à chaque mot. Il est temps de s'unir et d'agir ! Nous ne voulons plus servir de pâture à leurs plus bas instincts, à leurs viols répugnants, à leurs attouchements obscènes !

Patricia sentit qu'il fallait qu'elle y mette un peu du sien, si elle voulait attraper pour de bon la présidente dans ses filets. C'était un vrai coup de chance de découvrir les penchants lesbiens de cette femme. Ça pouvait rendre les choses beaucoup plus simples pour elle...

Surmontant sa répulsion, Patricia se jeta dans les bras de Thérèse et enfouit son visage dans son cou en gémissant. Aussitôt, la présidente referma ses bras dans son dos et la serra contre elle avec violence. Patricia réprima un frisson de dégoût en sentant les lèvres minces de Thérèse de Grignancourt se poser sur son cou et remonter vers son oreille.

Elle n'avait absolument rien contre l'homosexualité féminine. Elle même, quelques années plus tôt, s'était laissé entraîner deux ou trois fois à des jeux interdits entre copines. Mais avec cette femme-là précisément, le moindre contact lui semblait une souillure de tout son être.

Pour le supporter, elle convoqua de toute ses forces l'image de Boris. Mais, à sa grande surprise, ce fut celle de Rachid qui se présenta devant ses yeux.

Thérèse de Grignancourt avait glissé ses mains sous la veste de tailleur et poussa un grognement rauque en constatant que Patricia ne portait rien d'autre qu'un soutien-gorge, dessous. Elle caressait fiévreusement son dos nu de ses paumes moites en balbutiant des mots sans suite.

Patricia se dit qu'il fallait absolument mettre un coup d'arrêt à ce qui était en train de se produire entre cette femme et elle : on atteignait la zone limite.

Le point de non-retour de tous les dangers.

Avec toute la douceur dont elle était capable, elle repoussa Thérèse de Grignancourt et la regarda droit dans les yeux avec un sourire désespéré :

— Il faut que vous m'aidiez, madame. Je ne sais

plus quoi faire. Je… Si je n'arrive pas à me débarrasser de ce monstre, je crois que je me tuerai. Je vous en prie, aidez-moi !

Patricia sentit Thérèse de Grignancourt se raidir imperceptiblement. Elle se demanda avec angoisse si elle n'était pas allée trop loin. Ou trop vite.

Comme pour lui donner raison, Thérèse de Grignancourt revint s'asseoir derrière son bureau et lui jeta un regard plus distant. La bacchante possédée par le désir qu'elle était quelques secondes plus tôt avait de nouveau cédé la place à la présidente de « Nos chers disparus ».

— Je comprends fort bien votre problème, dit-elle d'une voix où persistaient encore, malgré tout, quelques traces de l'érotisme qui l'avait enflammée. Mais je ne vois pas ce que je pourrais faire pour vous.

Son visage s'adoucit et elle eut un sourire équivoque :

— Bien entendu, ma porte vous sera toujours ouverte si vous avez besoin de réconfort ou de soutien moral…

Patricia en aurait pleuré : c'était complètement raté. Elle avait voulu jouer les vrais flics, les durs de dur, et elle se rendait compte qu'elle n'était encore qu'une petite stagiaire inexpérimentée. Boris Corentin allait être terriblement déçu par sa lamentable prestation.

Au moment où elle se levait pour s'en aller, l'idée lui vint. Une idée folle qu'elle essaya d'abord de chasser de sa tête.

Elle n'avait pas le droit de faire ça, c'était beaucoup

trop risqué. Et ça pouvait mettre en péril tout le reste de l'enquête.

Mais en même temps, une petite voix, dans sa tête, lui soufflait que c'était sa dernière chance. Que ça pouvait marcher. Qu'elle n'avait pas le droit de ne pas tout tenter pour réussir la mission qu'on lui avait confiée. Que Boris Corentin lui avait confiée.

Les jambes tremblantes, Patricia se leva, salua Thérèse de Grignancourt et se dirigea vers la porte. Arrivée au milieu de la pièce, elle s'arrêta et dit sans se retourner :

— C'est dommage. Mon amie Virginie Descrouelles m'avait pourtant assurée que si je savais me montrer généreuse et discrète, vous étiez capable de résoudre mon problème. Elle s'est trompée, voilà tout.

Et, le cœur battant à tout rompre, elle se remit en marche vers la porte.

Elle avait déjà la main sur la poignée quand la voix tranchante de Thérèse de Grignancourt résonna à ses oreilles comme la plus suave des musiques :

— Attendez un instant !

Patricia se retourna d'un bloc en s'efforçant de ne rien laissé paraître de son excitation.

Thérèse de Grignancourt lui adressa un sourire qui se voulait apaisant :

— Allons, allons, revenez vous asseoir et évitons de nous énerver. Comme ça, vous connaissez Virginie Descrouelles ?

— Oui, très bien, dit Patricia en s'asseyant et en croisant haut les cuisses, histoire de maintenir son interlocutrice sous pression. Mon mari, qui est avocat comme je l'ai dit à votre assistante, a eu l'occasion de défendre un dossier de Patrick Descrouelles. C'est comme ça que Virginie et moi nous sommes rencontrées.

— Et bien sûr, vous vous êtes trouvées un point commun… fit Thérèse.

Patricia fit une grimace de dégoût :

— Hélas oui : nos maris !

— Je vois. Et que vous a dit Virginie, à mon sujet ? demanda la présidente d'une voix plus pressante.

— Que vous étiez une femme extraordinaire dit Patricia en s'animant. Que vous ne vous contentiez pas de parlotes sans fin, que vous agissiez pour protéger des femmes comme nous !

Patricia sentait qu'elle tenait le bon bout et elle décida de franchir encore un pas. Elle regarda son interlocutrice par en dessous avec un petit sourire énigmatique et elle baissa la voix :

— Je n'ignore pas que ça risque de me coûter beaucoup d'argent. Mais je suis prête à tout pour rayer ce monstre ignoble de la surface de la terre.

Thérèse de Grignancourt se plongea dans ses réflexions et Patricia eut l'impression qu'il se passait une éternité avant qu'elle ne relève enfin la tête pour laisser tomber d'une voix parfaitement calme :

— C'est d'accord, je vais vous aider à résoudre votre problème.

Patricia crut qu'elle allait hurler de joie.

— À partir de maintenant, fit la présidente en se levant, vous ne devez plus parler de moi à personne. Vous n'êtes jamais venue ici, vous ne savez même pas que j'existe, vu ? Je vous recontacterai d'ici trois jours maximum pour les modalités pratiques.

Son regard se fit plus trouble et elle passa machinalement un bout de langue sur ses lèvres minces :

— Et maintenant, file, petit démon, avant que je ne succombe de nouveau à ton charme et à ta jeunesse !

Patricia n'avait qu'une hâte, c'était justement de filer à toutes jambes. Mais elle sentit qu'elle devait une petite compensation à Thérèse de Grignancourt.

Comme mue par une impulsion irrésistible, elle se précipita contre elle et l'étreignit avec force.

— Oh merci ! balbutia-t-elle. Je ne pourrai jamais assez vous prouver ma reconnaissance…

Les deux mains de Thérèse se posèrent sur ses omoplates, descendirent le long de son dos, avant d'empoigner avec force les globes charnus et fermes de sa croupe rebondie qu'elle entreprirent de malaxer avec ferveur.

— Nous trouverons bien un moyen pour que cette reconnaissance s'exprime, souffla Thérèse de Grignancourt en l'embrassant au coin des lèvres. Et maintenant, va-t-en ou je ne réponds plus de moi.

En un clin d'œil, Patricia fut sur le trottoir de la rue des Champs. Heureuse et fière d'avoir accompli ce qu'elle venait de faire. Même si elle avait dû, pour ça, un peu payer de sa personne.

Machinalement, elle glissa ses mains dans les poches de son tailleur et s'arrêta net.

Son mouchoir, elle ne l'avait plus.

Elle se souvint l'avoir sorti à plusieurs reprises pour jouer la comédie des larmes. Dans le bureau de la secrétaire, d'abord. Puis dans celui de la présidente.

Elle fit instantanément demi-tour en direction de la villa normande.

Ce mouchoir de dentelle blanche, brodée par elle-même à ses initiales, c'était l'un des rares objets qui lui restaient de sa mère, morte quand elle avait huit ans. Il ne pouvait pas être question de le perdre.

En poussant la grille de la villa, Patricia se dit qu'après tout, qu'elle vienne récupérer un objet oublié n'avait rien que de très naturel.

La porte donnant sur le hall n'était pas fermée à clé et Patricia entra, dans l'intention d'aller directement au bureau de la secrétaire sans déranger personne.

Elle trouva la pièce vide. Même l'imperméable beige n'était plus au portemanteau, à gauche de la fenêtre.

Patricia consulta sa montre et soupira. Une heure moins vingt-cinq : la secrétaire devait être partie déjeuner. En guettant le moindre bruit, elle inspecta rapidement le dessus du bureau.

Pas de mouchoir.

Elle frappa trois coups discrets à la porte qui communiquait avec le bureau de Thérèse de Grignancourt. Sans réponse, elle l'ouvrit, entra et referma derrière elle. En s'efforçant de réprimer les battements de son cœur.

Elle se sentit soulagée en apercevant son précieux mouchoir, posé sur l'appui de fenêtre. Elle contourna le bureau pour le prendre et le fit disparaître dans sa poche.

Patricia allait partir, mais ses yeux tombèrent sur la rangée de tiroir du bureau et elle s'arrêta.

Après tout, elle était ici pour enquêter, oui ou non ? Pourquoi ne pas profiter de ce qu'elle était seule dans la pièce pour fureter un peu ? Essayer de glaner quelques renseignements précieux ?

Une petite voix vertueuse et noble lui souffla qu'un bon policier ne fouille pas dans des tiroirs sans une commission rogatoire dûment signée par le juge d'instruction mandaté par le procureur de la République.

Mais une autre petite voix, beaucoup plus canaille, lui répliqua qu'on faisait rarement d'omelette sans casser quelques œufs. Et pour faire bonne mesure, la même petite voix ajouta : « tu crois vraiment que Boris Corentin, placé dans ta situation, aurait hésité plus d'une seconde ? »

Patricia se mit à ouvrir le tiroir et à inspecter méthodiquement les papiers qui s'y trouvaient.

Rien d'intéressant. Des listes de veuves qui étaient venues demander le soutien de l'association, avec leur adresse et leur profil psychologique. Des factures réglées et d'autres en souffrance, etc.

Patricia n'eut pas plus de chance avec le tiroir du milieu qui ne contenait que du matériel de bureau : stylos, papier vierge, cartouche à encre pour imprimante…

Elle sentit le découragement tomber sur elle en fouillant le dernier tiroir qui renfermait encore de la paperasse. Cette fois-ci divers prospectus qu'on devait distribuer aux veuves éplorées à la sortie des cimetières ou ailleurs.

C'est au moment de le refermer qu'elle comprit ce qui lui avait semblé bizarre d'entrée dans ce dernier tiroir.

Il était moins profond que les autres, alors que, vu de l'extérieur, il était pareil.

Soulevant la pile de prospectus, Patricia découvrit presque tout de suite la minuscule tirette métallique prise dans l'épaisseur du bois.

Elle la poussa, rien ne se produisit.

Mais quand elle tira dessus, le double fond du tiroir se souleva d'un bon centimètre.

Folle d'excitation, Patricia plongea ses doigts en dessous et en retira une simple feuille de papier couverte d'un côté par une écriture manuscrite penchée à droite.

Quand elle eut parcouru les premières lignes, Patricia se laissa tomber dans le fauteuil, le souffle coupé.

Ce qu'elle était en train de lire, c'était une bombe. La solution de tous leurs problèmes.

Avec ça, même plus besoin de stratagème compliqué pour coffrer tout le monde.

Ce qu'elle avait entre les mains, c'était un pacte. Signé par Thérèse de Grignancourt et deux autres femmes du nom de Caroline Pernet et Barbara Salieri.

Un pacte dans lequel, en guise de préambule, elles reconnaissaient toutes les trois avoir assassiné leurs maris respectifs.

Dans les paragraphes suivants, elles s'engageaient à venir en aide à toutes les femmes qui, comme elles, auraient le désir ou le besoin de supprimer leur époux.

Le cœur battant à tout rompre, Patricia allait mettre le précieux document dans sa poche, mais elle se ravisa.

Si les trois femmes s'apercevaient de sa disparition, ça risquait de tout faire rater. Non, ce qu'il fallait, c'était le photocopier pour le montrer à Boris et remettre l'original soigneusement en place.

Ensuite, avec une commission rogatoire, revenir ici et fouiller le tiroir en présence de Thérèse de Grignancourt. Pour la confondre.

Patricia repassa dans le bureau de la secrétaire où elle avait repérer une photocopieuse. Par chance, elle ne l'avait pas arrêtée avant d'aller déjeuner.

En priant pour que personne n'ait l'idée de venir, elle posa le pacte des veuves sur la vitre et rabattit la plaque. Ensuite, elle appuya sur le bouton « on ».

La machine ronronna et une lumière violente passa sur le document, dans un sens puis dans l'autre.

En récupérant sa photocopie, Patricia eut un violent coup au cœur.

La feuille était blanche.

Prise d'un horrible pressentiment, elle souleva le couvercle et se rua sur le document original.

Elle crut que son cœur allait s'arrêter de battre.

Toute trace d'écriture avait disparu.

Elle venait de détruire la preuve absolue de la culpabilité des trois veuves.

*

* *

— Allez, fais-moi un sourire ! Puisque je te dis que n'importe lequel d'entre nous aurait agi exactement comme toi. C'est la faute à pas de chance, c'est tout...

Patricia, les yeux rougis par les larmes, releva la tête vers Boris Corentin, puis vers Aimé Brichot qui la regardait d'un air à la fois inquiet et attendri. Elle essaya un pauvre sourire.

— Boris a raison, tu sais, appuya Brichot qui, du coup, s'était mis à tutoyer Patricia : cette encre qui s'efface instantanément dès qu'elle est soumise à une lumière trop violente[1], c'est un truc tout nouveau. Même pas encore commercialisé. Tu ne pouvais pas deviner. Et l'idée de la photocopie, c'était exactement ce qu'il fallait faire pour pouvoir ensuite coincer ces folles furieuses. Tu as eu un bon réflexe de bon flic.

Patricia lui sourit à travers ses larmes et renifla bruyamment :

— Vous êtes adorables, tous les deux. Mais vous avez beau dire : à cause de moi, tout est à refaire.

— N'exagère pas, dit Boris d'une voix douce. Tu as quand même réussi le plus délicat de notre plan : convaincre Thérèse de Grignancourt de supprimer Rachid.

Les yeux de Patricia se mirent à crépiter de haine :

— Celle-là, si elle touche un cheveu de la tête de Rachid, ma parole, je...

1. Absolument authentique. Cette encre a été mise au point pour éviter les piratages de documents, livres, etc.

Elle s'arrêta net et rougit, consciente d'avoir trahi l'intérêt qu'elle portait au jeune avocat. Un Beur comme elle. Qui lui aussi se sentait français à part entière et voulait réussir sa vie. La réussir en France.

Boris Corentin détourna les yeux de Patricia, pour ne pas qu'elle puisse lire dans ses pensées.

Elle avait raison quand elle disait que ce document aurait tout simplifié. Qu'il aurait permis de mettre un terme à toute l'affaire sans aucun danger pour personne.

Maintenant, ils n'avaient plus le choix. Il fallait bien se lancer dans la suite d'un plan à haut risque.

CHAPITRE XIV

Rachid ne se tenait plus d'excitation. Pendant trois jours, l'attente lui avait paru interminable. Trois jours pendant lesquels ni Thérèse de Grignancourt ni aucune autre des veuves n'avait donné signe de vie à Patricia.

Il sourit à demi et commanda un deuxième café au garçon de la brasserie *Le Ronsard*, située à proximité de la gare de Melun.

Le bon côté de la chose, c'est que, depuis ces trois jours, et pour endormir d'éventuels soupçons, Patricia et lui vivaient ensemble. Puisqu'ils étaient censés être mari et femme. Et dès le premier soir, ils en avaient largement profité. Rachid était même très étonné de sa propre réaction : pour la première fois, il envisageait sans aucun déplaisir l'éventualité d'avoir une femme à demeure chez lui.

Enfin, pas « une » femme : cette femme-là précisément. Patricia.

Il redevint grave brusquement. Les projets d'avenir, ce serait pour plus tard. Quand tout serait fini. Si ça se finissait bien. Parce que pour l'instant, il se faisait plutôt l'effet d'être le petit chevreau attaché à son piquet, qui broute tranquillement en attendant le loup.

La sonnette de la porte vitrée de la brasserie retentit alors qu'il reposait sa tasse vide dans sa soucoupe. Il était juste six heures du soir.

Et le loup était là.

Une femme blonde, jeune, plutôt appétissante. Et en grande tenue de deuil.

« L'ange de la mort » songea Rachid, en s'en voulant aussitôt de cet accès de romantisme déplacé.

Thérèse de Grignancourt avait téléphoné à la veille à Patricia et lui avait demandé de passer à la villa normande à dix heures du soir. Ce que Patricia avait évidemment fait. Là, Thérèse l'avait questionné sur les habitudes de son « mari ». Patricia avait bien récité la leçon mise au point avec Boris Corentin. Indiquant notamment à Thérèse que son époux avait ses habitudes quotidiennes à la brasserie *Le Ronsard*.

— Ce sera pour demain, avait simplement dit Thérèse. Rentrez chez vous et ne vous occupez plus de rien. Et, dans votre intérêt, arrangez-vous pour avoir un alibi en béton pour demain soir.

Rachid s'efforçait de ne pas suivre des yeux la veuve qui venait d'entrer et s'installait le plus naturellement à deux tables de lui. Pile dans son champ visuel, comme par hasard. La seule consigne que Boris avait donnée à l'avocat était simple :

— Quoi qu'elle te propose, tu n'acceptes aucun rendez-vous immédiat. Rien avant au moins deux heures. Qu'on ait le temps de mettre le dispositif de protection en place, vu ?

Pour le reste des événements, Rachid avait quartier libre. Il inspira un grand coup.

Il était temps de se jeter à l'eau.

Faisant mine de chercher le serveur des yeux, il releva la tête et s'arrangea pour que son regard croise celui de la veuve. Il lui adressa un petit sourire et sentit son cœur bondir dans sa poitrine.

Elle lui avait aussitôt rendu son sourire.

Il s'agissait maintenant de manœuvrer correctement. Ni trop vite ni trop lentement. Se mettre dans la peau d'un vrai dragueur qui, forcément, hésiterait un peu avant de monter à l'abordage d'une femme en deuil.

Durant une dizaine de minutes, les sourires se multiplièrent, les regards se firent plus appuyés. Une fois ou deux, Rachid, qui avait troqué le café contre un whisky, leva imperceptiblement son verre en direction de la veuve. Qui exécuta aussitôt le même geste vers lui.

Il était temps de passer à la phase numéro deux.

Rachid se leva avec toute la nonchalance dont il se sentait capable et franchit les quelques mètres qui le séparaient de la veuve. Il s'inclina légèrement devant elle :

— Pardonnez mon audace, madame. Mais il n'est jamais bon de s'enfermer seule dans un chagrin. Si vous me permettiez…

Elle lui désigna la chaise en face d'elle sans répondre et Rachid s'assit, le feu aux tempes.

— Que puis-je vous offrir ?

— Vous buvez quoi, vous ? demanda-t-elle d'une voix veloutée, les yeux toujours pudiquement baissés.

— Whisky.

— Eh bien, la même chose alors.

La veuve eut un gros soupir :

— Je crois qu'un peu d'alcool me fera le plus grand bien, aujourd'hui...

Puis, elle releva enfin les yeux vers lui et sourit :

— Je m'appelle Barbara. Et vous ?

Rachid nota machinalement qu'elle avait de grands yeux bleus et une bouche tout à fait sensuelle. Il n'aurait eu aucun mal à feindre l'intérêt pour elle en temps ordinaire. Mais là, il ne pouvait s'empêcher de se dire que cette femme, en face de lui, faisait partie d'un trio de folles qui avaient froidement programmé sa mort.

— Rachid, répondit-il.

*
* *

Après un rapide coup d'œil de chaque côté de la rue déserte, Gillian Mayo s'engouffra dans la villa normande et fila droit vers la bibliothèque où elle était sûre de trouver Thérèse de Grignancourt.

Tout en empruntant le petit couloir qui y conduisait, l'Irlandaise se demandait ce que Thérèse lui voulait. En tout cas, peu importe : cette reprise de contact lui fournissait un excellent prétexte pour venir ici, ce qui servait tout à fait ses desseins.

Il était temps pour elle de mettre un terme rapide et définitif à « l'opération veuve noire » comme elle l'avait baptisée. Elle avait bien failli se faire prendre par Boris Corentin, trois jours plus tôt : c'était un avertissement qu'il fallait prendre en compte. D'autant que Gillian n'avait trouvé aucune trace dans la presse de la mort de Virginie Descrouelles. Ça voulait dire que Corentin avait sûrement un plan précis et qu'il avait verrouillé l'information pour ne pas être gêné dans son exécution. Mauvais, ça.

Depuis le meurtre de Levallois, Gillian se terrait dans l'une de ses planques de la banlieue sud, elle faisait la morte. N'importe quel débutant, à sa place, se serait précipité aux frontières ou dans un aéroport pour essayer de quitter le pays au plus vite. Fatale erreur. Gillian savait qu'au contraire, il fallait demeurer en France aussi longtemps que ce serait nécessaire. Jusqu'à ce que ses poursuivants se lassent et baissent un peu leur garde.

Avec un sans-gêne et une brutalité calculée, Gillian ouvrit à la volée la porte de la bibliothèque.

Thérèse de Grignancourt et Caroline Pernet, étroitement enlacées sur le canapé, s'écartèrent brusquement l'une de l'autre et Thérèse bondit sur ses pieds :

— Vous pourriez au moins frapper, non ?

Gillian ne prit pas la peine de répondre. Elle s'assit sur le coin de la table en chêne massif et croisa les bras sur sa poitrine menue :

— Trêve de bavardage, mesdames : pourquoi m'avez-vous fait venir ici ?

Thérèse se racla la gorge et dut faire un effort pour regarder l'Irlandaise dans les yeux :

— Mes amies et moi, nous pensons que nous avons peut-être eu tort d'exécuter le précédent « contrat » nous-mêmes, au lieu de faire appel à vous comme d'habitude.

— Je ne vous le fais pas dire, grinça Gillian.

— Bref, on ne va pas revenir là-dessus, ce qui est fait est fait. Mais il se trouve que nous avons accepté un nouveau contrat pour ce soir. Et que nous souhaiterions que vous vous en chargiez, cette fois.

— De qui s'agit-il ? demanda Gillian.

— Un avocat, répondit Thérèse de Grignancourt. Un personnage sans intérêt, il n'y aura pas de vagues. Mais sa future veuve est prête à lâcher le gros paquet pour être débarrassée de lui. Un très gros paquet, même.

Thérèse fit un petit clin d'œil à Gillian Mayo qui resta de glace :

— Naturellement, vous en aurez votre part...

Gillian faillit sourire de pitié. Ces pauvres folles en étaient encore à penser qu'elle travaillait uniquement pour l'argent. Idiotes...

Elle resta de longues secondes sans répondre. Elle n'avait aucune raison d'accepter le marché que les veuves lui proposaient. En toute logique, sur le simple plan de sa sécurité personnelle, elle aurait même dû dire non tout de suite. Et catégoriquement.

Seulement, Gillian avait d'autres projets, précis, immédiats et urgents. Et la proposition de Thérèse de Grignancourt allait lui permettre de les réaliser beaucoup plus facilement qu'elle ne s'y attendait.

Elle releva la tête et plongea ses yeux métalliques dans ceux de Thérèse de Grignancourt, la forçant à baisser la tête sous le poids de son regard.

— C'est d'accord, dit-elle. Je vais exécuter ce contrat. Mais à ma manière, bien sûr. Nous allons d'ailleurs régler les modalités tout de suite.

Thérèse de Grignancourt et Caroline Pernet, visiblement fort soulagées de sa décision, se pressèrent autour de Gillian Mayo, impassible.

Ce que les veuves ne pouvaient pas savoir, et ce que Gillian ne tenait surtout pas qu'elles sachent, c'est qu'elle avait décidé depuis trois jours de repartir définitivement pour l'Irlande où les combats et les attentats avaient repris de plus belle.

Sa place était là-bas, parmi ses frères d'armes.

Mais auparavant, elle devait se couvrir ici en effaçant soigneusement toutes les traces de son passage en France et de ce qu'elle y avait fait.

Ce qui, en clair, signifiait supprimer les trois veuves qui l'avaient fait travailler.

*
* *

Boris Corentin, Aimé Brichot et Patricia Boulaïa se levèrent avec un bel ensemble en voyant la porte du studio de Boris s'ouvrir sur Rachid Samad.

— Alors ? dit Patricia en se précipitant vers lui.

Rachid l'embrassa au coin des lèvres et se tourna vers les deux hommes avec un petit sourire faussement modeste :

— Je crois que j'aurais fait un assez bon flic, finalement. Ou un assez bon comédien, c'est selon.

— Tu compte nous faire languir comme ça jusqu'à demain ? demanda Corentin.

— Oh bon, ça va, j'ai quand même le droit de ménager un peu mes effets, non ?

Rachid redevint grave :

— Ça a marché comme sur des roulettes. J'ai été « tamponné » comme prévu par l'une des veuves.

Patricia lui jeta un regard noir :

— Elle était baisable, je suppose ?

Rachid lui lança un petit clin d'œil :

— Très ! D'ailleurs, si je n'avais pas été en service commandé…

Il évita de justesse le coup de poing de Patricia et consulta rapidement sa montre :

— Il est huit heures et demie. Ça nous laisse deux heures : j'ai rendez-vous avec elle à dix heures et demie.

— Où ça ? demanda Patricia avec un voix qui laissait transparaître son inquiétude.

Rachid prit une profonde inspiration :

— Au Père-Lachaise. Près de la tombe d'un certain Victor Noir…

CHAPITRE XV

Patricia éteignit les phares et coupa le contact de la R21 de service qu'elle conduisait, le long du trottoir de la rue de Bagnolet, presque à l'angle de la rue de la Réunion.

Il était dix heures vingt.

À l'arrière, Boris Corentin et Rachid Samad gardaient le silence.

Une vieille femme passa, traînée par un gros chien en laisse, sans paraître remarquer qu'il y avait du monde dans la voiture qu'elle longeait.

Tout près, sans doute vers la rue des Pyrénées, une ambulance déclencha sa sirène qui décrut rapidement pour finir par se fondre complètement dans le perpétuel et sourd grondement de la ville.

Boris Corentin finit par rompre le silence :

— Bon, récapitulons une dernière fois. Depuis près d'une heure, Brichot et les onze hommes fournis par Baba sont déjà en place à l'intérieur du cimetière. Répartis par groupes de trois à l'intérieur de différents mausolées autour de la tombe de Victor Noir.

— Comment sauront-ils s'ils doivent intervenir ou pas ? demanda Patricia, de plus en plus nerveuse à mesure que l'heure fatidique approchait.

— Ils n'interviennent que sur mon ordre, répondit Corentin, ou s'ils entendent un coup de feu.

Il se retourna vers Rachid :

— Tu as bien la montre avec l'émetteur miniaturisé à l'intérieur ?

L'avocat montra son poignet sans répondre.

— Parfait, dit Boris. Ça va me permettre de te suivre à distance dans les allées du Père-Lachaise sans risquer de me faire repérer.

Il posa sa main sur l'épaule de Rachid et le regarda droit dans les yeux :

— Au risque de me répéter, tu as bien compris : en aucun cas tu ne prends d'initiative. Pas question de jouer au petit soldat ou au cow-boy : ce que tu as accepté de faire est dangereux, fourre-toi bien ça dans le crâne ! Au moindre pépin, ou si tu sens que les choses risquent de tourner au vinaigre, tu as juste à enfoncer le remontoir de ta montre et la petite lumière rouge s'allumera sur le cadran de la mienne.

— Et ensuite ? demanda Patricia, que la peur qu'elle éprouvait pour Rachid rendait presque agressive.

— Ensuite, c'est mon affaire, inspecteur Boulaïa ! répondit Corentin d'un ton sans réplique. Ainsi que celle de Mémé et de ses hommes, si je le juge nécessaire.

Il se radoucit aussitôt :

— Quant à toi, je ne veux pas que tu bouges de la voiture, c'est bien compris ? Tu es notre chauffeur, sur ce coup-là, rien que notre chauffeur !

— Ça va, ça va, j'ai pigé, je ne suis pas idiote à ce

point, marmonna Patricia, les mains crispées sur le volant.

Rachid envoya une légère bourrade à Boris :

— Te bile pas, super-flic : tout va très bien se passer, je serai docile comme un mouton. Mais sois gentil, ne m'abandonne pas dans les mains de ces folles furieuses : je n'ai pas très envie qu'elles me coupent les couilles !

— Moi non plus… souffla Patricia en écho.

— Il faut y aller, maintenant, dit Corentin entre ses dents. Bonne chance, mon grand…

Rachid leva le pouce droit, sourit brièvement, descendit de la voiture et se dirigea à pas tranquilles vers la petite porte du cimetière. Vers ce qui était censé être un rendez-vous érotique et pouvait très bien être, au bout du compte, un aller simple pour le grand ailleurs.

Rachid respira à fond, emplissant son nez et sa gorge de l'odeur sucrée et résineuse des conifères qui bordaient l'allée où il se trouvait.

Bizarrement, en dépit des circonstances, il se sentait parfaitement calme, détendu, serein. Pour un peu, il aurait trouvé la balade agréable, dans cet endroit hors du temps et de la vie où il mettait les pieds pour la première fois. Au coin des quatre-vingt-quinzième et quatre-vingt-douzième divisions, une ombre surgit d'entre deux monuments et se planta devant lui. Juste à point pour lui rappeler qu'il n'était pas ici pour faire le touriste noctambule.

Barbara.

Sans un mot mais un petit sourire sur les lèvres, elle le prit par la main et l'entraîna dans l'avenue transversale numéro deux.

Quelques mètres plus loin, Rachid reconnut la tombe de Victor Noir que Corentin lui avait montrée en photo. Mais Barbara continua d'avancer.

— Ce n'est pas là qu'on avait rendez-vous ? s'étonna-t-il.

Le sourire de la veuve s'accentua :

— Il y a mieux plus loin. Beaucoup mieux...

Rachid la suivit en silence. Espérant de toute sa force que l'émetteur de sa montre allait effectivement permettre à Corentin de ne pas perdre sa trace.

Une vague lueur tremblotante, jaune orangé, émanait du monument funéraire de la famille P... Barbara ouvrit la petite porte en fer forgé et verre dépoli qui commandait l'accès au caveau et, d'un signe de l'index, fit signe à Rachid de la suivre.

Malgré sa ferme résolution, et son courage naturel, l'avocat sentit une boule d'appréhension se former dans sa gorge en voyant Barbara descendre lentement l'escalier de pierre qui s'enfonçait dans les profondeurs de la terre.

Comme un accès direct aux enfers.

« Allons, allons, Rachid, se sermonna-t-il, tu ne vas pas te mettre à trembler comme un gamin ou comme une vieille femme. N'oublie pas que tu es d'origine marocaine et que les Marocains sont des lions[1]. »

1. Allusion à un dicton – marocain, bien sûr... – qui affirme que les Tunisiens sont des femmes, les Algériens des hommes et les Marocains des lions.

D'un pas ferme, il descendit l'escalier à son tour.

Le spectacle qui l'attendait en bas le cloua sur place. Trois femmes étaient là.

La première, assise dans un fauteuil d'osier, correspondait à la description que Patricia lui avait faite de Thérèse de Grignancourt, avec ses longs cheveux noirs et son teint très pâle, presque mortuaire.

La deuxième femme, assise au piano qui se trouvait là, une blonde au visage angélique semblant sortir tout droit d'une toile de Botticelli, devait être Caroline Pernet, la troisième signataire du pacte des veuves trouvé par Patricia dans la villa normande.

Quant à la dernière, debout à côté de Thérèse de Grignancourt, elle fit passer un désagréable frisson dans la colonne vertébrale de l'avocat.

Avec ses traits durs et ses cheveux blond cendré coupés très courts, elle ne pouvait être que Gillian Mayo, la terroriste irlandaise qui avait étouffé Virginie Descrouelles et dont Boris Corentin leur avait fait une description précise.

Et ça, ce n'était pas prévu au programme.

Rachid se composa un air étonné et se tourna vers Barbara, à sa droite :

— Mais je… je ne comprends pas. Je pensais que nous devions êtres seuls tous les deux et…

— C'est une petite surprise, le coupa Gillian en se plantant face à lui. On s'est dit que ça serait amusant de pimenter la chose, d'organiser un petit jeu.

— Un jeu ? fit Rachid d'un ton moins assuré.

— Avec un gros enjeu, précisa Gillian dans un sourire glacial : ta vie. Et pour la défendre, tu ne disposes que d'une seule arme : ta queue. Tu aimes bien te servir de ta queue d'habitude, non ? Tu es même plutôt fier de ce que tu fais avec ? Eh bien, on va voir si tu es la hauteur de la réputation que tu t'es faite.

Les yeux agrandis par la stupeur, Rachid vit Gillian se débarrasser posément de son blouson, ôter le 357 Magnum qu'elle portait à la ceinture, défaire son jean, son tee-shirt et enfin sa culotte blanche.

Elle était intégralement nue devant lui et, machinalement, Rachid laissa ses regards se promener sur la poitrine menue mais bien dessinée et sur le buisson doré qui masquait à peine la fleur de son intimité.

— Le jeu est le suivant, reprit Gillian de la même voix froide et précise. Tu vas me baiser. Exactement comme tu veux, tu as carte blanche. Si tu réussis à me faire jouir, tu repars d'ici comme tu es venu. Si tu n'y parviens pas, je te loge une balle dans les couilles et une autre dans la tête pour t'empêcher de souffrir trop longtemps. Ensuite, ça ne sera pas compliqué. Il y a encore une place vide dans ce caveau. Prévue pour le dernier rejeton de la famille. Ce monsieur a cinquante-trois ans et il est en pleine forme, figure-toi. M'étonnerait qu'il intègre son dernier domicile avant une bonne vingtaine d'années. En attendant, c'est toi qui joueras les squatters dans sa boîte à dominos.

Rachid se sentit blêmir et il dut faire un effort surhumain pour rester ferme sur ses jambes :

— Mais enfin, pourquoi ? Qu'est-ce que je vous...

— Tu n'as pas à savoir pourquoi ! siffla Gillian.

C'est un jeu, c'est tout. Et c'est nous qui fixons les règles.

Elle eut un petit sourire lourd de menace et s'approcha à quelques centimètres de lui :

— Et maintenant au boulot ! Comme je suis bonne fille et que je veux que tu aies une chance, je vais faire quelque chose pour te mettre en condition...

Avec des gestes précis, sans le quitter des yeux, Gillian dégrafa Rachid et empoigna son membre brun et lourd.

— Belle pièce, apprécia-t-elle en le masturbant doucement. Reste à savoir si elle sera suffisamment performante pour te sauver la vie...

Rachid se dit qu'il en doutait encore plus qu'elle. Respirant un grand coup, il avança la main vers la poitrine de l'Irlandaise qui continuait de le caresser sans aucune trace de passion ni même d'intérêt pour ce qu'elle faisait.

En refermant délicatement ses doigts sur le mamelon rose tendre de son sein, Rachid se dit que jamais, dans son ancienne carrière d'essayeur de filles, l'enjeu n'avait été aussi radical pour lui. Son seul espoir, c'était de parvenir à alerter Boris en appuyant discrètement sur le remontoir de sa montre. Mais Gillian, ne le quittait pas des yeux...

Boris Corentin, planqué derrière la tombe de Guillaume Apollinaire, au bord de la quatre-vingt-sixième division, consulta sa montre pour la dixième fois.

Ça faisait une demi-heure que Rachid et Barbara

avaient disparu à l'intérieur du gigantesque mausolée de la famille P... C'était beaucoup. C'était trop.

Qu'est-ce qui se passait, là-dedans ? Pourquoi Rachid ne déclenchait-il pas le signal d'alarme de sa montre ?

Corentin sentit un mauvais pressentiment l'envahir. Et si l'avocat avait été repéré, pour une raison ou une autre ? Si on lui avait enlevé sa montre ?

Boris mâchonna un peu plus la Gitane blonde éteinte qu'il avait fichée au coin de ses lèvres.

S'il intervenait trop tôt, il risquait de tout faire rater. Les veuves prétendraient qu'elles étaient là pour s'envoyer en l'air et elles s'en tireraient avec une amende, point final. Bien sûr, il y aurait toujours le témoignage de Patricia. Mais pas l'ombre d'une preuve.

Corentin jeta nerveusement sa cigarette par-dessus son épaule.

D'un autre côté, il n'avait pas le droit de laisser Rachid risquer sa vie plus longtemps. Il fallait faire quelque chose. Maintenant.

Il éleva sa montre à hauteur de sa bouche et murmura :

— Mémé ? C'est moi. Bon, je vais entrer dans ce foutu caveau. Vous, vous rester planqués pour le moment et vous attendez que je vous fasse signe.

Boris sourit dans l'ombre. L'émetteur dont il était doté ne faisait pas récepteur. Aimé Brichot ne pouvait rien faire pour l'empêcher de foncer.

Gillian Mayo fit rouler Rachid de sur elle et se releva. Elle le toisa d'un air méprisant :

— Je crois que ce n'est pas la peine de s'obstiner plus longtemps, n'est-ce pas ?

Rachid ferma à moitié les yeux et ne répondit rien. Ça faisait une demi-heure qu'il s'escrimait pour rien. Il avait pourtant déployé toute sa science amoureuse. Il avait caressé Gillian partout, s'attardant des doigts et de la bouche sur les zones les plus sensibles du corps féminin.

Rien à faire.

À un moment, pourtant, il avait cru être sur la bonne voie. Sous la caresse fureteuse de sa langue, l'intimité de l'Irlandaise s'était enfin ouverte comme une fleur, délicatement emperlée de rosée.

Rachid l'avait alors pénétrée tout en douceur, attentif à ne pas la brusquer. Gillian avait poussé la bonne volonté jusqu'à nouer ses jambes derrière son dos pour lui permettre de la prendre encore plus profondément.

Mais elle était restée de marbre.

Rachid se redressa sur les genoux. Un pli amer se forma au coin de ses lèvres : le pire c'est qu'il était toujours complètement en érection ! Mais une érection sans objet, inutile, dérisoire.

Il vit Gillian, toujours intégralement nue, se baisser pour ramasser son 357 Magnum et se retourner vers lui. Elle était entre lui et l'escalier, ce qui lui interdisait toute tentative de fuite. Les trois veuves n'avaient pas esquissé un mouvement depuis le début. Elles se contentaient de leur rôle de spectatrices muettes.

Rachid se dit qu'il devait absolument prévenir Corentin avant qu'il ne soit trop tard.

Dans la même seconde, il se rendit compte que c'était déjà trop tard. S'il appuyait sur le remontoir de sa montre, la tueuse comprendrait qu'il y avait un piège. Et elle déclencherait le carnage. Son seul espoir, c'était de gagner du temps. De parler, d'argumenter.

Il se mit debout et fit face à Gillian qui tenait son revolver au bout de son bras droit, le long de son corps :

— Vous devez me laisser encore une chance. Je n'ai pas encore abattu toutes mes cartes…

Gillian eut un ricanement bref :

— Tu n'as plus de cartes ! D'ailleurs, dès le début, tu n'en avais aucune, et tu sais pourquoi ? Parce qu'aucun homme n'est capable de me faire jouir, si je ne l'ai pas décidé avant. Et surtout pas un minable comme toi ! À la rigueur, un vrai homme aurait pu tenter sa chance…

Les yeux de l'Irlandaise partirent un peu dans le vague mais elle se ressaisit très vite :

— Et puis non, même lui n'y serait pas arrivé. Aucun n'en est capable, en dehors de ma volonté.

— Faut voir, dit calmement Boris Corentin dans son dos.

Avec une rapidité stupéfiante, Gillian Mayo pivota sur elle-même et s'immobilisa, les jambes fléchies, les deux bras tendus à l'horizontale, la gueule noire de son 357 pointé droit sur Corentin. Qui, lui-même, braquait sur elle le canon du RMR Spécial Police qu'Aimé Brichot lui avait refilé quelques minutes plus tôt.

Le fauve et le chasseur face à face.

Tous les deux aussi entraînés et dangereux l'un que l'autre. Pareillement implacables.

— Corentin, dit Gillian d'une voix presque douce, je vous préviens que si vous n'abaissez pas lentement votre arme, je fais un carnage.

— Mademoiselle Mayo, répondit Boris sur le même ton, si vous bougez ne serait-ce que d'un quart de millimètre, je vous tue aussitôt.

Une lueur amusée passa dans les yeux de l'Irlandaise qui fixait Corentin avec une intensité presque effrayante.

— J'ai l'impression que la situation est bloquée, dit-elle, toujours aussi calme. Que proposez-vous ?

Corentin hésita encore quelques secondes à faire la réponse qui lui brûlait les lèvres.

Il jouait très gros, très risqué, et il le savait parfaitement. Mais il était à peu près sûr de voir juste. D'avoir percé le secret intime de Gillian Mayo, la terroriste de l'IRA.

— Et si on reprenait le principe de votre petit jeu de tout à l'heure ? dit-il. Mais cette fois avec moi comme partenaire.

— Quel enjeu ? demanda Gillian sans le quitter des yeux.

— Si je parviens à vous donner du plaisir, vous êtes ma prisonnière. Dans le cas contraire, vous sortez d'ici et je vous laisse une demi-heure d'avance.

Une lueur de défi passa dans les prunelles claires de l'Irlandaise :

— J'accepte. Posez votre arme, Corentin.

— Je n'ai pas confiance en vous, mademoiselle Mayo. Pas assez, en tout cas.

Gillian se mordit la lèvre inférieure. Ses doigts se crispèrent sur la crosse de son arme et Boris crut qu'elle allait tirer. Mais elle se détendit imperceptiblement et esquissa un sourire :

— Eh bien moi, j'ai confiance en vous !

Et, avec un regard de défi, elle laissa tomber le 357 Magnum à ses pieds.

— Et maintenant, dit-elle, déshabillez-vous, Corentin et montrez-moi de quoi vous êtes capable !

Boris serra les dents. C'était maintenant que tout se jouait. S'il s'était trompé…

— Pas besoin d'ôter mes vêtements, dit-il en avançant résolument vers Gillian.

Il s'arrêta à cinquante centimètres d'elle et la gifla à toute volée.

— Un homme n'a pas besoin de se déshabiller pour une chienne de ton espèce ! gronda-t-il.

Les yeux de Gillian s'exorbitèrent et elle frotta machinalement sa joue qui virait à l'écarlate. Elle fixa sur Boris un étrange regard :

— Vous allez cruellement regretter ça. Vous ne sav…

Corentin la gifla sur l'autre joue avec encore plus de force et Gillian tomba à genoux sur la dalle. Sans lui laisser le temps de réagir, Boris se pencha, l'empoigna d'une main par ses cheveux courts et la força à se relever.

— Écoute-moi bien, petite garce ! grinça-t-il d'un ton menaçant. À partir de maintenant, tu vas la fermer et obéir, c'est compris ? Je n'ai pas l'habitude de discuter avec les truies en chaleur dans ton genre…

Il la projeta violemment en avant et elle s'écroula sur la pierre froide.

— À quatre pattes ! hurla Corentin. Tends bien ton cul que tout le monde voie bien quelle chienne tu es !

Rachid qui, comme les trois veuves, observait la scène, écarquilla des yeux stupéfaits.

Docilement, Gillian Mayo était en train de prendre la position exigée par Corentin.

« Mais comment est-ce qu'il a fait ça ? murmura Rachid pour lui-même. Il est sorcier, ce type, ou quoi ? »

Boris se dégrafa rapidement et se laissa tomber à genoux derrière Gillian qui semblait comme tétanisée. Elle avait la chair de poule et tout son corps tremblait convulsivement. Au moment où Boris, agrippé à ses hanches, la pénétrait avec une brutalité extrême, Gillian tourna la tête vers la droite.

Rachid reçut en plein dans le yeux le choc d'un visage qu'il ne connaissait pas.

Gillian semblait n'être plus qu'une boule de haine. Mais en même temps, se lisait sur ses traits, dans son regard, une adoration, une soumission incroyables.

Elle poussa un grand cri quand Boris s'enfonça en elle de toute sa force. Son corps se mit à faire des soubresauts violents, tandis que sa tête allait de droite et de gauche comme celle d'une démente.

Très vite, sous l'action du membre qui l'investissait, elle commença à sangloter, à gémir. Et enfin à balbutier des propos plus ou moins obscènes dans sa langue maternelle. Son délire s'acheva en un long hurlement de jouissance, au moment où Boris explosait en elle, les doigts enfoncés dans la peau satinée de ses hanches.

Gillian se laissa glisser sur la dalle, pantin désarticulé, encore secoué de sanglots de plus en plus faibles.

Corentin se releva et se rajusta posément. Le rôle qu'il venait de jouer ne lui plaisait qu'à moitié. Par nature, il n'avait aucun goût pour le sadomasochisme. Mais là, il n'avait pas eu le choix.

Gillian, le visage ravagé par l'orgasme, se mit à genoux et leva vers Boris des yeux de femme amoureuse. Puis, à la stupéfaction des autres témoins, elle se traîna jusqu'à lui, entoura ses jambes de ses bras, appuya doucement sa joue contre lui et ferma les yeux.

Un sourire extatique flottant sur ses lèvres.

Corentin allait l'écarter de lui quand le hurlement d'une sirène de police, extraordinairement proche, rompit le silence de la crypte.

Gillian tressaillit violemment, comme si elle sortait brutalement d'un rêve.

Quand Boris comprit le danger, il était trop tard. Il se sentit basculer en arrière sous la poussée de Gillian et s'effondra sur le dos.

Le temps qu'il se rétablisse, elle était debout, son arme à la main et le visait.

Sans la quitter des yeux, Boris se releva très lentement et écarta les bras.

— Tu n'oseras même pas tirer, pauvre larve ! dit-il du ton le plus méprisant qu'il put. Tu n'es bonne qu'à te faire sauter par tous les mâles qui veulent bien de toi…

Un silence épais s'installa. Une tension extrême.

Enfin, Gillian poussa un cri de rage impuissante et se détourna de Boris.

Mais au lieu de baisser son arme comme il l'espérait, elle se rua sur Thérèse de Grignancourt, l'empoigna par le revers de sa robe pour la forcer à se lever, la retourna, la plaqua contre elle comme un bouclier vivant et pointa le canon de son 357 Magnum sur sa tempe.

— Et maintenant, fini de jouer, grinça-t-elle. Laissez-moi passer ou je la bute.

Corentin, tendu à se rompre, eut une seconde la tentation d'appuyer sur le remontoir de sa montre pour donner l'alerte à Brichot et à ses hommes.

Mais Gillian, si elle se sentait prise au piège, n'hésiterait pas à provoquer une boucherie. C'était dans sa logique à elle.

— Très bien, partez Gillian, dit Corentin froidement. Mais je vous préviens que nous nous retrouverons.

— Lance-moi mes fringues au lieu de discuter ! ordonna Gillian, un rictus de haine sur les lèvres.

Boris s'exécuta et Gillian, à reculons, se servant toujours de Thérèse de Grignancourt, décomposée, comme d'un bouclier, entama un mouvement tournant en direction de l'escalier.

Dès qu'elles eurent disparu, Corentin prévint Brichot par son émetteur, de ce qui se passait.

— Surtout, dit-il, que personne ne les poursuive.

Essaie juste de voir dans quelle direction elles partent et rejoins-moi immédiatement près du monument d'où elles vont sortir. Ah, avant, demande des renforts pour boucler le quartier. Au moins les grands axes.

Corentin se rua vers l'escalier et déboucha à l'air libre au moment où Brichot arrivait près du caveau.

— Elles sont parties vers l'entrée principale du cimetière, lui indiqua-t-il. Qu'est-ce qu'on fait ?

— Toi, tu t'occupes de boucler les deux veuves qui sont restées là-dedans. Moi, je fonce par la sortie de la rue de la Réunion et je récupère la voiture pour leur filer le train.

— Écoute, Boris, je...

— Pas le temps, Mémé, à plus tard !

En voyant Boris arriver coudes au corps, Patricia mit tout de suite le contact de la R21. Boris sauta littéralement à côté d'elle :

— Demi-tour ! direction le boulevard de Ménilmontant, dépêche !

— Mais... c'est en sens unique ! balbutia Patricia complètement prise au dépourvue.

— Je m'en fous ! hurla Corentin. Fonce, bon Dieu !

La R21 bondit en avant dans un rugissement de boîte de vitesses martyrisée.

Au moment où Patricia tournait le coin de la rue de Bagnolet et du boulevard de Charonne, Boris vit une Safrane flambant neuve descendre du trottoir et filer à toute vitesse dans la rue de Charonne.

— Ce sont elles ! cria Boris, on les tient. Surtout ne les perds pas !

Les mains crispées sur le volant, les yeux rivés à la route, Patricia s'engouffra dans la rue de Charonne dans un grand crissement de pneus et enfonça l'accélérateur.

À environ deux cents mètres devant, deux gros yeux rouges s'éloignaient inexorablement.

— Plus vite, bon sang ! gronda Corentin.

En franchissant le carrefour de la rue Faidherbe, ils virent la Safrane tourner à gauche dans la minuscule rue Saint-Bernard, puis dans celle de la Forge Royale qui redescendait vers Saint-Antoine.

— Mais où est-ce qu'elle va, par là ? grommela Boris. Accélère encore, on perd du terrain…

Quand ils débouchèrent à leur tour dans la rue de la Forge Royale, Corentin sentit un flot d'adrénaline se ruer dans ses artères.

La Safrane était là, tous feux éteints, moteur coupé, devant un énorme tas de terre entouré de barrières rouges.

Ni Gillian ni ses poursuivants n'avaient prêté attention au panneau signalant que la rue était barrée pour travaux.

Ensemble, Patricia et Boris se ruèrent hors de la voiture et se précipitèrent vers la Safrane, arme au poing.

— Oh merde, c'est pas vrai ! fit Patricia, après avoir ouvert la portière arrière.

Corentin se pencha à l'intérieur et comprit tout de suite pourquoi Patricia était pâle comme un suaire.

Avant d'abandonner la Safrane, Gillian Mayo

avait tué Thérèse de Grignancourt. La balle de 357 Magnum, tirée pratiquement à bout portant, lui avait arraché la moitié droite de la tête.

Patricia, appuyée contre l'arrière de la voiture, se mit à pleurer. D'abord silencieusement, puis de plus en plus fort. Corentin vit qu'elle était au bord de la crise de nerfs. Il la gifla et l'attrapa par les revers de son blouson :

— Tu n'es pas là pour craquer mais pour faire ton boulot ! gronda-t-il. Secoue-toi !

La gifle et les paroles dures agirent sur Patricia comme un électrochoc salutaire. Elle fit un violent effort sur elle-même pour se calmer.

— Pardonne-moi, murmura-t-elle. Mais c'est horrible. Et le pire, c'est qu'on ne la retrouvera jamais maintenant. Elle doit avoir des planques un peu partout et des réseaux d'exfiltration au point. C'est foutu…

Les yeux de Boris Corentin se posèrent machinalement sur le tableau de bord de la Safrane et un léger sourire éclaira son visage.

— Foutu, peut-être pas, murmura-t-il. Pour peu que Carin veuille bien nous aider…

— Carin ? sursauta Patricia Qui c'est celle-là, encore ?

Déjà assis au volant, Boris mit le contact et désigna à Patricia une boîte rectangulaire accrochée sur le tableau de bord, à droite du volant :

— Je te présente Carin, un petit bijou d'ordinateur mis au point par Philips !

— Et ça sert à quoi ?

— C'est tout simple, répondit Boris. Tu lui

indiques où tu veux aller, lui il repère ta position à vingt mètres près grâce à un relais satellite, et après, grâce au CD-Rom incorporé, il t'indique toutes les rues que tu dois prendre pour ne pas te planter. Et en plus, il te donne chaque changement de direction à haute voix !

— C'est génial, dit Patricia sans grande conviction. Mais je ne vois pas l'intérêt en ce qui nous concerne.

— L'intérêt, dit Boris, c'est que si tu ne l'effaces pas volontairement, le dernier trajet apparaît à l'écran dès que tu rallumes Carin. Et moi, si j'étais Gillian et que je doive rejoindre une planque précise, j'aurais programmé ma destination, pour avoir l'esprit libre et ne pas risquer de me planter. Tu me suis ?

— Putain, mais tu es vraiment génial comme mec ! s'exclama Patricia.

— Génial, on va voir, fit Boris en mettant Carin sous tension.

Patricia poussa un petit cri de victoire. Sur l'écran venait de s'afficher : « Passage du Charolais - XIIe arrt. ».

— Allons-y, dit simplement Boris en s'extirpant de la Safrane.

En chemin, il se mit en contact par la radio de bord avec Aimé Brichot pour lui donner les nouveaux développements.

— Tu viens avec autant de renforts que tu peux, conclut-il. Il faut cerner le quartier, mais dans la discrétion, hein ! Pas de bavure !

— Tu me prends pour qui ? grésilla la voix outrée de Brichot.

Corentin coupa le contact en riant et se concentra sur sa conduite.

La rue du Charolais, coincée entre la rue de Charenton et les voies de chemin de fer de la gare de Lyon, était déserte à cette heure de la nuit. Déserte et lugubre.

Boris dépassa la rue du Congo et tourna à gauche dans la suivante, la rue Baulant, qui permettait d'accéder au passage du Charolais, un boyau étroit qui formait un coude avant de revenir sur la rue du Charolais.

Juste avant d'arriver au passage, il rangea la R21 devant l'entrée d'un entrepôt désaffecté. Patricia et lui descendirent de la voiture.

— Où est-ce qu'elle peut être, à ton avis ? chuchota la jeune femme.

Corentin resta silencieux et immobile. Mais ses yeux scrutaient chaque façade lépreuse, à droite et à gauche. Il humait l'atmosphère.

Plusieurs fenêtres étaient éclairées et des échos de musique africaine leur parvenaient, assourdis. Ainsi que des relents de cuisine épicée.

Soudain, Corentin tendit le bras droit devant eux :

— Elle est là !

Patricia contempla le petit pavillon de meulière, à l'angle du passage, coincé à une trentaine de mètres devant eux, entre deux bâtiments noirs qui semblaient prêts à s'effondrer. Avec son petit jardin en friche, devant, sa grille rouillée et ses deux minuscules fenêtres à lucarnes dont l'une était éclairée, la maison semblait avoir surgi d'une autre époque pour se retrouver coincée dans cet univers sinistre d'entrepôts, d'immeubles en attente de démolition et de voies de garage.

— Comment sais-tu qu'elle est là ? demanda Patricia.

— Je le sens, dit Boris d'un ton frémissant. Et puis, je suis sûr que, par l'arrière de la maison, on doit pouvoir déboucher sur la rue de Charenton. Double issue : idéal pour une base arrière de terroristes.

Comme pour donner raison à Corentin, une silhouette féminine se découpa soudain dans la fenêtre éclairée.

— Gillian ! souffla Patricia, hypnotisée. Qu'est-ce qu'on fait ?

Boris lui mit la main sur l'épaule :

— Toi, rien. Tu te mets à l'abri et tu attends Mémé et les renforts pour les tuyauter. Et surtout, tu leur dis de ne rien faire tant que je ne leur ai pas fait signe.

— Mais... et toi ?

Dans l'ombre de la ruelle, Boris Corentin eut un sourire carnassier :

— Moi, j'ai bien envie de vérifier la solidité de mon pouvoir de séduction !

Il sortit son paquet de Gitanes blondes et en alluma une. Puis, la cigarette aux lèvres, il se mit à marcher tranquillement en direction du pavillon.

Quand la silhouette de Gillian réapparut dans l'encadrement de la fenêtre, il n'était plus qu'à cinq mètres de la grille du minuscule jardin. Juste à côté de l'unique réverbère du passage.

Il tira deux ou trois bouffées pour incendier

l'extrémité de sa cigarette. Juste pour attirer le regard de Gillian. Et en espérant qu'elle n'allait pas viser le point lumineux avec son arme et tirer.

Là-haut, Gillian s'immobilisa. Elle l'avait vu.

Pendant d'interminables secondes, elle resta rigoureusement immobile.

Boris aussi.

Enfin, elle ouvrit la fenêtre et s'appuya des deux mains à la rembarde.

— Je suis venu te chercher, Gillian, dit Boris d'une voix ferme. Tu es à moi maintenant. Ton corps et ton esprit m'appartiennent et tu le sais bien. Descends immédiatement ! Si tu n'es pas là dans trente secondes, tu ne me reverras plus jamais.

Il sentait de façon presque palpable le combat qui se livrait à l'intérieur du cerveau de l'Irlandaise. Enfin, elle disparut de la fenêtre.

Dix secondes plus tard, elle apparut à la porte et descendit l'allée du petit jardin, envahie d'herbes folles.

Elle tenait son 357 Magnum à la main droite.

Arrivée à cinq mètres de Boris, elle leva son arme à hauteur de son visage.

— Je vais te tuer, Corentin. Parce que je ne vois pas d'autres moyens de te chasser de ma vie. Je vais te tuer, tu sais…

Posément, Boris écarta les pans de son blouson et regarda l'Irlandaise bien en face :

— Si tu veux vraiment être la femme d'un cadavre, alors vas-y, tire ! Mais tu sais très bien que, mort ou vivant, je ne sortirai plus jamais de ta vie. Tu as trouvé ton maître pour l'éternité, Gillian !…

Il vit son doigt se crisper sur la queue de détente. Tout son corps se tétaniser.

Puis, d'un mouvement brusque, elle rejeta son arme loin d'elle et se précipita dans les bras de Boris en sanglotant, animée de tremblements convulsifs.

Ils restèrent enlacés de longues minutes, pendant que les voitures de police commençaient à cerner le quartier. Gillian n'arrivait plus qu'à répéter sans fin, comme un automate brisé :

— Mais pourquoi ? Oh, pourquoi ? Pourquoi ? Pourquoi...

La prenant par les épaules, Boris l'entraîna doucement vers le cordon de police, à l'entrée du passage.

CHAPITRE XVI

— Boris, il y a quand même une chose qu'il faut que tu m'expliques, fit Rachid en choquant son verre de bière contre le sien.

— Je t'écoute…

— Quand tu as déboulé dans le caveau et que tu as parié à Gillian Mayo que tu réussirais à la faire jouir, comment as-tu fait pour deviner qu'elle était masochiste, alors qu'elle-même l'ignorait encore ?

Boris regarda tour à tour l'avocat, Patricia qui se serrait amoureusement contre lui et son vieux complice de toujours, Aimé Brichot qui semblait aussi curieux que les autres de la réponse.

— J'ai eu beaucoup de chance, fit modestement Boris. Pendant que je descendais l'escalier, je l'ai entendu dire que même un vrai homme n'arriverait jamais à la faire jouir sans son consentement.

— Oui, je me souviens, dit Rachid. Et alors ?

— Alors, dit calmement Boris, j'ai eu l'impression, à ce moment-là, qu'il y avait du regret et de la frustration dans sa voix. Et je me suis dit que ce qu'elle attendait inconsciemment, c'était justement celui qui saurait la forcer à jouir. Parce qu'après toutes ces années à inspirer la terreur un peu partout, elle aspirait, dans ses désirs érotiques les plus profonds, à trembler à son tour. La peur qu'elle infligeait aux autres, la violence qu'elle leur faisait subir, elle les voulait pour elle. Alors, j'ai tenté le tout pour le tout et j'ai joué ce rôle-là, c'est tout.

Rachid eut une petite grimace de dépit :

— N'empêche que ça fait deux fois que nos chemins se croisent et deux fois que tu te montres nettement meilleur que moi sur le plan amoureux. Excuse-moi, mais je commence à la trouver saumâtre !

Boris éclata de rire et désigna Patricia qui se frottait à Rachid avec des mines extasiées :

— Tu exagères ! Qui en deux ou trois sourires charmeurs, a fait craquer la plus sexy des inspectrices stagiaires et a même réussi à lui faire quitter la police ? Pas moi, que je sache !

Une heure plus tôt, en se retrouvant à la brasserie *Le Départ*, place Saint-Michel, Rachid et Patricia avaient triomphalement annoncé à Corentin et Brichot qu'ils avaient décidé de vivre ensemble. Et dans la foulée, quand même un peu inquiète de leur réaction, Patricia leur avait appris qu'elle quittait la police, reprenait ses études de droit pour devenir avocate.

— Vous comprenez, avait expliqué Rachid le plus sérieusement du monde, un flic et un avocat sous le même toit, ça ne pourrait que faire du grabuge assez rapidement !

Boris leur fit un clin d'œil attendri et leva son verre pour indiquer qu'il buvait à leur santé.

Ça faisait une semaine que l'affaire des veuves était terminée. Thérèse de Grignancourt morte,

Caroline Pernet et Barbara Salieri s'étaient proprement effondrées et avaient avoué tous les meurtres commis. À commencer par ceux de leurs propres maris.

Boris Corentin poussa un petit soupir frustré. L'assassinat d'Hervé de Kérivec aussi, elles l'avaient avoué. Mais quant à mettre la main un jour sur Pilar, sa veuve, commanditaire du meurtre, il ne fallait pas trop y compter. Elle se terrait en Uruguay où, apparemment, elle disposait, de par sa famille, de puissants soutiens au plus haut niveau…

— Et Gillian Mayo ? demanda soudain Brichot. Ça en est où pour elle ?

Corentin écrasa sa Gitane blonde dans le cendrier publicitaire :

— Baba m'a appris tout à l'heure que le gouvernement de Londres avait officiellement demandé son extradition. Qui sera accordée sans peine, comme tu l'imagines.

— Pauvre fille… murmura Rachid, les yeux dans le vague.

Patricia sursauta :

— Comment ça : pauvre fille ? Tu as vu le nombre de victimes innocentes qu'elle a sur la conscience ?

— Je sais, dit Rachid en souriant, mais c'est une pauvre fille quand même et j'ai du mal à ne pas la plaindre, au fond. J'essaie de comprendre comment elle a pu en arriver là. Ce qui s'est passé dans sa vie pour que…

— Ah c'est bien les avocats, ça, tiens ! s'exclama joyeusement Aimé Brichot. Toujours prêts à s'apitoyer sur le sort des criminels !

— Avocat, peut-être, grommela Rachid, brusquement assombri, mais avocat sans cause. Et ce n'est pas en restant enterré à Melun que ça risque de changer…

Boris lui mit la main sur l'épaule :

— Tout à l'heure, tu disais qu'un avocat et un flic ne peuvent que se tirer dans les pattes. Mais ce n'est pas toujours vrai. Tiens, moi qui te parle, j'ai un vieux pote qui travaille dans l'un des plus gros cabinets d'avocats de la place de Paris. Eh bien, à l'occasion, je pourrais peut-être lui glisser ton nom et lui demander de te rencontrer…

Le visage de Rachid s'éclaira instantanément :

— C'est vrai ? Tu ferais ça ?

— Pourquoi pas ?

— Alors là, je t'en serais éternellement reconnaissant, mon vieux !

Il se tourna brusquement vers Patricia :

— Et si on rentrait penser à tout ça à la maison, ma chérie ?

— Non, répondit tranquillement Patricia.

— Comment ça, non ? fit Rachid abasourdi.

Patricia lui adressa un sourire débordant de tendresse :

— Parce que cette nuit, j'ai décidé d'enterrer ma vie de jeune fille…

Elle marqua une légère pause avant de conclure sur le même ton calme :

— Et de l'enterrer avec Boris !

Les trois hommes restèrent figés sur place. Aimé Brichot rougit jusqu'aux oreilles, pendant que Boris se sentait un peu gêné de la situation. Quant à

Rachid, ses yeux en boules de Loto allaient de l'un à l'autre sans qu'aucun son ne parvienne à sortir de sa bouche entrouverte.

— Réfléchis, reprit Patricia. Quand tu es venu rue de Turbigo et qu'on s'est vus pour la première fois, tu as malencontreusement interrompu un câlin qui s'annonçait très prometteur. Résultat, tu as en face de toi un homme et une femme frustrés à cause de toi. Donc, comme j'ai horreur de laisser les choses en plan, je vais terminer ce que j'avais commencé. C'est pas plus compliqué que ça !

Rachid la regarda avec un air de défi :

— Eh bien, puisque c'est comme ça, moi aussi je vais enterrer ma vie de garçon !

— Mais oui, dit Patricia sans se démonter, tu as tout à fait raison.

Rachid fit une grimace comique :

— Le pire c'est que je n'en ai même pas envie !

Il releva la tête et regarda Boris avec une petite lueur amusée au fond des yeux :

— Et une fois plus, monsieur le super-flic me distance d'une longueur !

— Que veux-tu, fit Boris en prenant un air résigné : c'est le petit privilège de ma longue expérience...

Rachid prit Patricia dans ses bras et l'embrassa à pleine bouche avant de se retourner vers Boris Corentin :

— Enfin, au moins, avec toi, je sais que la femme de ma vie est entre de bonnes mains !

Achevé d'imprimer en janvier 1997
sur les presses de l'Imprimerie Bussière
à Saint-Amand (Cher)

VAUVENARGUES - 12, avenue d'Italie - 75627 Paris Cedex 13
Tél. : 01-44-16-05-00

— N° d'imp. 182 —
Dépôt légal : février 1997

Imprimé en France